CARAMBAIA

8

Vladimir Korolenko

O músico cego

Tradução
Klara Gourianova

Posfácio
Elena Vássina

CAPÍTULO PRIMEIRO
7

CAPÍTULO SEGUNDO
27

CAPÍTULO TERCEIRO
49

CAPÍTULO QUARTO
67

CAPÍTULO QUINTO
77

CAPÍTULO SEXTO
103

CAPÍTULO SÉTIMO
147

EPÍLOGO
153

POSFÁCIO
Elena Vássina
157

Capítulo primeiro

I

A criança nasceu à meia-noite numa família rica que morava na região sudoeste. A jovem mãe estava desfalecida, mas, quando soou o primeiro grito baixo e lamentoso do recém-nascido, ela se agitou na cama sem abrir os olhos. Seus lábios murmuravam algo e, no rosto pálido, de traços suaves, quase infantis, surgiu a expressão de um sofrimento como de uma criança mimada que pela primeira vez sente um amargor. A parteira inclinou-se para ouvi-la.

– Por quê? Por que ele...? – perguntava a doente em voz quase inaudível.

A velha não entendeu. A criança gritou outra vez. No rosto da mãe refletiu-se uma dor aguda e dos olhos fechados rolou uma lágrima graúda.

– Por quê, por quê? – sussurravam seus lábios, baixinho.

Dessa vez a parteira entendeu a pergunta e respondeu tranquilamente:

– A senhora pergunta por que a criança chora? Isso é assim mesmo, acalme-se.

Mas a mãe não conseguia se acalmar. Ela estremecia a cada grito do menino e repetia com impaciência e irritação:

– Mas por que assim, tão terrível?

A parteira não ouvia nada de excepcional no choro da criança e, vendo que a parturiente estava tendo um delírio, deixou-a e se ocupou com a criança.

A jovem mãe aquietou-se e somente de vez em quando o sofrimento que não conseguia se revelar em movimentos e palavras era expresso por lágrimas graúdas de seus olhos. Elas passavam por entre as espessas pestanas e escorriam pelas faces pálidas como mármore. Talvez o coração da mãe tenha sentido que com a criança viera ao mundo uma desgraça negra inconsolável que permaneceu sobre o berço para acompanhar essa nova vida até o túmulo.

Talvez a mãe estivesse realmente delirando. Mas, seja como for, a criança nasceu cega.

II

De início ninguém percebeu. O menino tinha aquele olhar vago que todos os recém-nascidos têm até certa idade. Passavam-se os dias e a vida do novo ser humano já podia ser contada em semanas. Seus olhos desanuviaram, a película turva desapareceu e a pupila definiu-se. Mas o bebê não virava a cabeça para seguir o raio de luz que penetrava no quarto com o alegre canto dos passarinhos e o ramalhar das faias verdes que cresciam perto da janela no jardim da casa de campo.

A mãe, que já havia se recuperado, foi a primeira a reparar na estranha expressão do rostinho infantil que permanecia imóvel e sério demais para um bebê. A jovem mulher olhava para as pessoas como uma pombinha assustada e perguntava:

– Por que ele é assim, me digam?

– Assim, como? – respondiam-lhe em tom de indiferença.

– Ele é igual a outras crianças de sua idade.

– Olhem como ele procura algo com as mãos, isso é estranho.

– A criança ainda não tem a coordenação dos movimentos das mãos com suas impressões visuais – respondeu-lhe o médico.

– Então por que ele olha sempre na mesma direção? Ele... ele é cego? – saiu do peito da mãe a terrível hipótese, e ninguém conseguia acalmá-la.

O doutor pegou o menino, virou-o rapidamente para examinar seus olhos. Ficou um tanto confuso, pronunciou algumas frases insignificantes, disse que voltaria em alguns dias e foi embora.

A mãe chorava e se debatia como um pássaro ferido, apertando a criança contra o peito. O olhar do menino continuava imóvel e inexpressivo.

Passados dois dias, o doutor voltou trazendo consigo o oftalmoscópio.

Ele acendeu a vela, aproximou-a e afastou-a dos olhos do menino e, com ar embaraçado, pronunciou finalmente:

– Infelizmente, a senhora não se enganou. O menino é cego e seu caso é irremediável.

A mãe escutou a notícia com tristeza, mas permaneceu calma.

– Disso eu sabia – disse baixinho.

III

A família do menino não era numerosa. Além dos pais, tinha o "tio Maksim", como era chamado em casa e até por pessoas de fora. O pai se parecia com os demais proprietários de terras da região sudoeste: era bem-humorado e até generoso, estava sempre de olho em seus empregados e gostava muito de construir e reconstruir moinhos. Essa ocupação tomava quase todo o seu tempo e, por isso, só se ouvia sua voz em casa nas horas das refeições ou outros momentos rotineiros. Nessas ocasiões, ele costumava pronunciar a pergunta invariável: "Você está bem, minha pombinha?". Depois disso, ele se sentava à mesa e não proferia quase nada. Somente, de vez em quando, comunicava algo sobre as engrenagens ou árvores de carvalho. É compreensível que essa sua convivência simples e pacífica pouco refletisse no caráter de seu filho.

Já o tio Maksim era completamente diferente. Uns dez anos antes dos acontecimentos aqui descritos, ele era famoso por ser um provocador perigoso não só nas redondezas de seu latifúndio, mas até em Kiev, nos Kontratos[1]. Todos estranhavam como em uma família tão respeitosa como a da sra. Popélski, nascida Iatzenko, pudesse ter surgido um irmão tão terrível. Ninguém sabia como conversar com ele e com que lhe agradar. Ele respondia com impertinência às amenidades de senhores e perdoava aos mujiques insubordinação e grosseria a que até um senhor bastante condescendente responderia com tabefes. Finalmente,

---

1 Kontratos é como se chamava a feira de Kiev, famosa na época. [NOTA DO AUTOR]

para a grande alegria das pessoas "bem pensantes"[2], o tio Maksim, por alguma razão, ficou bravo com os austríacos e partiu para a Itália, que era mantida sob jugo da Áustria. Lá, se juntou ao também provocador herege[3] Giuseppe Garibaldi, líder do movimento nacional que, como falavam os horrorizados senhores de terras, irmanou-se com o diabo e não dava a mínima importância nem ao papa de Roma, chefe da Igreja Católica.

A alma inquieta e apostasiada de Maksim perdeu-se, assim, para sempre. Por outro lado, nos Kontratos os escândalos tornaram-se menos frequentes, e as nobres mães deixaram de se preocupar com a sorte de seus filhos. Ao que parece, os austríacos não demonstravam grande carinho pelo tio Maksim. De vez em quando, nas notícias do *Kurierka*, jornal predileto dos senhores de terras desde os tempos antigos, seu nome aparecia entre os destemidos companheiros de armas de Garibaldi. Mas, um dia, os mesmos senhores ficaram sabendo que Maksim e seu cavalo tinham tombado no campo de batalha. Os enfurecidos austríacos, que pelo visto havia muito tempo traziam entre os dentes esse encarniçado *volinetz*[4] (que, segundo seus compatriotas, era o único que ainda apoiava Garibaldi), picaram-no feito repolho.

– Ele acabou mal – disseram os senhores e atribuíram isso à proteção especial dada por São Pedro a seu representante. E, assim, Maksim foi dado como morto.

Verificou-se, porém, que os sabres austríacos não conseguiram afugentar a alma teimosa de Maksim e ela conti-

---

2 Antes da Revolução Russa, assim eram chamados os partidários da política do governo e hostis às atividades revolucionárias. [N.A.]

3 Herege, aqui, significa o homem que renega a opinião geral. [N.A.]

4 Oriundo da região de Volinh, sudoeste da Ucrânia. [N.A.]

nuou viva, embora seu corpo estivesse bastante danificado. Os bravos garibaldinos tiraram seu digno companheiro do monturo, levaram-no para algum hospital e, depois de alguns anos, Maksim voltou. Apareceu inesperadamente na casa de sua irmã e por lá ficou.

Agora ele já não estava interessado em duelos. Sua perna direita fora amputada e ele andava de muleta. A mão esquerda também fora mutilada e agora servia apenas para ajudá-lo a se apoiar numa bengala. Então ele ficou, em geral, mais ponderado, contido, e somente de vez em quando soltava sua língua ferina, afiada como seu sabre. Ele não frequentava mais os Kontratos, raramente aparecia em sociedade e passava a maior parte do tempo na biblioteca, dedicando-se à leitura de livros que ninguém conhecia, mas supunha-se que eram ateístas. Ele até escrevia algo, porém, como nada de seus escritos fora publicado no *Kurierka*, ninguém lhes dava importância.

Quando apareceu uma nova criatura na casa, o cabelo curto do tio Maksim começou a ficar grisalho. Por causa do constante apoio nas muletas, os ombros levantaram-se e seu corpo tomou uma forma quadrada. Sua aparência estranha, o cenho carregado, o bater das muletas e a fumaça de tabaco que o cercava constantemente – porque ele não tirava o cachimbo da boca –, tudo isso assustava as pessoas de fora. E somente aqueles mais próximos sabiam que, naquele corpo mutilado, batia um coração ardente e bondoso, e na grande cabeça quadrada, coberta de um espesso cabelo eriçado, trabalhava um pensamento incansável.

Mas mesmo os mais próximos não sabiam que questões esse pensamento procurava resolver naquele momento. Apenas viam tio Maksim cercado da fumaça azul, sentado por horas inteiras com um olhar vago e uma expressão carregada. Entretanto, o combatente mutilado pensava que a vida era uma luta e que nela não havia lugar para os inválidos. Vinha-lhe à cabeça que ele saíra das fileiras para sempre e arrastava-se na rabeira; parecia-lhe que era um cavaleiro tirado da sela pela vida e transformado em restos mortais. Não seria uma covardia contorcer-se no pó como um verme esmagado? Arrastar-se pelo chão? Ou se agarrar ao estribo do vencedor, suplicando-lhe os restos de sua ridícula existência?

Enquanto o tio Maksim, com uma coragem fria, analisava essa ideia pungente, procurando e comparando os argumentos a favor e contra, diante de seus olhos começou a aparecer um novo ser, a quem o destino fez vir já inválido a este mundo. De início, ele nem reparava na criança. Mas, depois, a estranha semelhança do destino daquele menino com o dele o intrigou.

– Hum. Sim – disse ele um dia, pensativo, olhando para o menino de esguelha. – Esse garoto também é inválido. Se juntarem nós dois, talvez resulte num homenzinho bem fraco.

Desde então seu olhar detinha-se no menino cada vez mais.

IV

A criança nasceu cega. Quem tem culpa de sua desgraça? Ninguém! Não há nisso nem sombra de "mau-olhado" de alguém, e a causa do infortúnio está guardada no fundo dos caminhos complicados e misteriosos da vida.

A cada olhar para o menino cego, o coração da mãe se apertava com uma dor aguda. É evidente que ela como mãe sofria, tendo pressentimentos ruins, vendo a deficiência do filho e imaginando o penoso destino que esperava por sua criança. Mas, além desses sentimentos, a mulher sangrava por dentro ao pensar que os culpados dessa desgraça podiam ser os próprios pais que lhe deram a vida. Tudo isso foi o suficiente para que a pequena criatura com os olhos lindos, mas cegos, tenha se transformado sem querer no centro das atenções dos familiares, num déspota cujo menor desejo mudava toda a ordem da casa.

Não se sabe o que viria a ser o futuro desse menino, predisposto a exacerbar-se gratuitamente por causa de sua desgraça e a quem todos cercavam, cultivando o egoísmo, se o tio Maksim, obrigado pelo estranho destino e pelos sabres austríacos, não estivesse abrigado naquela aldeia, na casa de sua irmã.

A presença do menino cego na casa deu um novo rumo ao pensamento do guerreiro inválido. Ele continuava passando horas sentado, fumando seu cachimbo, mas em seus olhos, além da profunda e constante dor, surgiu a expressão de um observador intrigado. E quanto mais o tio Maksim observava o menino, mais ele carregava a expressão e aspirava mais fundo a fumaça de seu cachimbo. Um dia, ele decidiu intervir.

– Esse garoto – disse ele, soltando anéis de fumaça, um atrás do outro – vai se sentir muito mais infeliz do que eu. Seria melhor se ele não tivesse nascido.

A jovem mulher abaixou a cabeça e uma lágrima caiu em seu bordado.

– Maks, é cruel e despropositado você me lembrar disso – respondeu ela baixinho.

– Só estou dizendo a verdade – retrucou Maksim. – Eu não tenho uma perna e um braço, mas tenho os olhos. O rapaz não tem olhos, mas, com o passar do tempo, ele não terá nem braços, nem pernas, nem força de vontade.

– Por quê?

– Entenda-me, Anna – disse Maksim em tom mais suave –, eu não lhe diria coisas cruéis em vão. O menino tem um sistema nervoso bem afinado. Por enquanto, ele tem todas as chances de desenvolver outras capacidades para compensar sua cegueira, ao menos parcialmente. Mas para isso ele precisa fazer exercícios, e o que obriga a fazer os exercícios é a necessidade. Esses cuidados tolos que excluem a necessidade de esforços matam nele as chances de ter uma vida mais plena.

A mãe era inteligente e conseguiu dominar os impulsos espontâneos que a obrigavam a sair em carreira desabalada a cada grito lamentoso da criança. Passados alguns meses depois dessa conversa, o menino engatinhava rápida e livremente pelos cômodos, apurando o ouvido para todos os sons, e, com uma vivacidade incomum para outras crianças, apalpava todos os objetos que chegavam a suas mãos.

V

O menino aprendeu rapidamente a reconhecer a mãe pela maneira de andar, pelo fru-fru do vestido e por outros indícios imperceptíveis para os outros. Por mais que a casa estivesse cheia de outras pessoas se movimentando, ele infalivelmente se dirigia para o lugar onde estava a mãe. Quando, inesperadamente, ela o pegava nos braços, ele a reconhecia no mesmo instante.

Mas, quando outra pessoa o pegava, ele começava a apalpar seu rosto; reconhecia a babá, o tio Maksim, o pai. E, quando estava nos braços de uma pessoa nova, os movimentos de seus dedos eram lentos, cautelosos e, em seu rostinho, notava-se uma tensão, como se ele examinasse a pessoa, olhando para ela com a ponta dos dedos.

Era uma criança de natureza vivaz, animada, mas, com o passar dos meses, a cegueira deixava suas marcas no menino, cujo temperamento começava a se definir. A vivacidade de movimentos diminuía; muitas vezes ele se escondia em algum canto e ficava horas sentado quieto, com o rostinho imóvel, como se estivesse escutando algo. Nas horas de silêncio em casa, quando a variação dos sons não distraía sua atenção, ele parecia estar pensando em algo com a expressão de surpresa e perplexidade no belo rosto, que era sério demais para uma criança. A fina e rica constituição psíquica do menino prevalecia na percepção e na sensibilidade do ouvido e do tato como que querendo restabelecer, até certo grau, a plenitude dos sentidos. Todos admiravam a extraordinária sensibilidade de seu tato. Parecia até que ele podia sentir as cores; quando ele pegava retalhos de tecido, seus dedos finos demoravam mais nos de cores mais fortes, e no rosto surgia a expressão de surpresa. Mas, com o passar do tempo, essa sensibilidade apurava-se mais na audição.

Logo ele se familiarizou com os cômodos e os distinguia perfeitamente pelos sons que deles vinham. Distinguia as diferentes maneiras de andar dos familiares, o ranger da cadeira do tio inválido, o tique-taque dos relógios de parede. Às vezes, engatinhando ao pé da parede, ele prestava atenção ao levíssimo ruído de uma mosca correndo pelo papel de parede, inaudível para outros, e estendia a mão para pegá-la. Quando o inseto assustado levantava voo, o rosto do menino expressava surpresa e desapontamento. Esse sumiço misterioso do inseto era incompreensível para ele. Mas mesmo nesses casos seu rosto mostrava atenção consciente e ele virava a cabeça para o lado do voo da mosca. O ouvido apurado percebia o fino zumbido de suas asas. O mundo que brilhava, movia-se e soava ao seu redor entrava na cabecinha do cego como sons, e esses sons moldavam sua imaginação. Sua expressão sempre exibia a atenção que ele dava aos sons: o pescoço fino se alongava, o maxilar projetava-se para a frente, as sobrancelhas adquiriam uma mobilidade especial e os lindos olhos imóveis davam ao rosto do menino uma expressão ao mesmo tempo séria e comovente.

VI

O terceiro inverno da vida do menino chegava ao fim. A neve estava derretendo, formando sonoros regatos primaveris, e sua saúde começou a melhorar, depois de ele ter passado todo esse tempo dentro de casa sem respirar ar puro.

As proteções extras das janelas foram retiradas e a primavera irrompeu em seu quarto com força redobrada. O risonho sol entrava na casa, atrás das janelas balançavam os ramos das faias ainda sem a folhagem, ao longe viam-se os campos pretos com manchas brancas de neve ainda por derreter e, em alguns lugares, já apareciam brotos de vegetação. Respirava-se mais livremente, e todos sentiam suas forças vitais se renovando.

Mas para o menino cego a primavera irrompeu em seu quarto somente com seu barulho. Ele ouvia os regatos que pareciam correr um ao encontro do outro, pulando as pedras e entrando na terra amolecida; os ramos das faias, atrás das janelas, conversavam em sussurro, chocavam-se entre si e batiam levemente nos vidros da janela.

E o gotejamento do gelo pendente do telhado, aquecido pelo sol da manhã, soava como milhares de finas batidas. Parecia o som de pequenas pedrinhas caindo no solo. Às vezes, do alto do céu, ouviam-se gritos de grous que iam silenciando lentamente, como que se derretendo no ar. Esse renascimento da natureza refletia-se no rosto do menino com uma perplexidade dolorosa. Ele franzia as sobrancelhas, esticava o pescoço, prestava atenção com o ouvido e depois, como que alarmado com essa confusão de sons incompreensíveis, estendia os braços procurando pela mãe, lançava-se a ela e apertava-se contra seu peito.

– O que há com ele? – perguntava a mãe a si mesma e aos outros.

O tio Maksim olhava atentamente para o rosto do menino e não conseguia entender a causa de sua agitação.

– Ele não consegue entender – dizia a mãe, captando no rosto do filho a expressão de perplexidade e interrogação.

Realmente, a criança estava alarmada: ouvia novos sons, e aqueles outros, aos quais já estava acostumada, desapareciam e se perdiam.

VII

O caos primaveril silenciou. Sob os raios quentes do sol, o trabalho da natureza entrava nos eixos. A vida seguia seu rumo com velocidade cada vez maior, como um trem acelerado depois da partida; os campos cobriram-se de relva verde, no ar sentia-se o aroma dos brotos de bétulas. Decidiram levar o menino para o campo, até a beira do rio mais próximo.

A mãe levava-o pela mão. Ao lado caminhava o tio Maksim, apoiando-se em suas muletas. Eles se dirigiram à colina que o sol e o vento já haviam secado o suficiente. Estava coberta de relva, e do topo era possível observar uma vista ampla.

O sol batia nos olhos da mãe e do tio e lhes aquecia a face; as asas invisíveis do vento primaveril refrescavam esse calor. No ar pairava algo inebriante que causava sensação de prazer e langor.

A mãe percebeu que a mão do menino se comprimiu junto à sua, mas o embriagante ar da primavera a tornou menos sensível à manifestação do medo da criança. Ela respirava a plenos pulmões indo em frente, sem olhar para os lados. Se ela tivesse olhado, teria percebido a expressão estranha no rosto de seu filho. Ele virava os olhos abertos para o sol com uma surpresa muda. Seus lábios estavam abertos e ele aspirava o ar a goles rápidos como peixe fora da água. Pelo rosto do menino, totalmente perdido naquele espaço desconhecido, passavam como que choques nervosos que o iluminavam por um instante, depois voltava a expressão de surpresa, interrogação e até medo. Somente os olhos continuavam parados e inexpressivos.

Ao subirem a colina, os três se sentaram. Quando a mãe soergueu o menino para acomodá-lo melhor, ele se agarrou a seu vestido convulsivamente. Parecia ter medo de cair, como se não sentisse o chão debaixo de si. Mas mesmo dessa vez a mãe não reparou no gesto ansioso. Ela não podia tirar os olhos da maravilhosa paisagem primaveril.

Era meio-dia. O sol estava no ponto mais alto do céu. Da colina via-se o rio alargado com a neve derretida. Ele já levava embora o gelo e somente seus últimos pedaços apareciam de vez em quando, semelhantes a manchas brancas. Nos campos alagadiços havia grandes áreas cobertas pelas águas e nelas estavam refletidas as nuvens brancas com o céu azul, flutuando lentamente e depois desaparecendo como se fossem gelo derretendo. Às vezes, o vento formava uma leve ondulação na superfície das águas que brilhava ao sol. Mais ao longe, para lá do rio, viam-se campos negros e úmidos de onde subiam vapores que, como neblina, envolviam as longínquas choupanas com tetos de palha e a borda da floresta, cuja linha azulada mal se divisava. A terra parecia respirar e dela subia para o céu algo semelhante a nuvens de incensos rituais. A natureza abriu-se como um enorme templo pronto para um festejo. Mas para o cego tudo isso era apenas uma escuridão incompreensível que se mexia, se agitava de maneira estranha, ribombava e tilintava em volta, estendendo-se a ele, tocando sua alma por todos os lados com impressões ainda desconhecidas, e a soma delas doía em seu coração.

Com os primeiros passos, ao sentir os raios quentes na tenra pele do rosto, o menino virava instintivamente seus olhos cegos para o sol, como se sentisse o centro da gravitação de tudo que o cercava. Para ele não existiam o largo horizonte transparente nem o céu azul. Ele sentia apenas que algo material, quente e carinhoso, tocava seu rosto. Depois, algo menos leve que o calor do sol tirava de seu rosto essa carícia e passava por ele com rapidez, dando uma sensação de frescor. Dentro de casa, o menino estava acostumado a se mover livremente num vácuo. Aqui o abraçavam umas ondas estranhas, ora acariciando ou embriagando-o, ora fazendo cócega. Sopravam nele os toques quentes do sol, e o jato de vento zumbia em seus ouvidos e abraçava sua cabeça como se quisesse pegar e levar o menino a algum outro espaço. Então, ele se segurava mais forte na mão materna, seu coração desfalecia a ponto de parar de bater. Quando o sentaram na grama, ele se acalmou um pouco.

Agora, apesar das novas sensações que tomaram conta de todo o seu ser, ele começava a distinguir certos sons. As escuras ondas continuavam vindo; parecia-lhe que elas penetravam em seu corpo, e seu sangue subia e descia com suas batidas. Mas agora elas traziam ora o sonoro gorjeio da cotovia, ora o ramalhar da nova folhagem da bétula ou um leve ruído das ondas do rio. O assobio das asas da andorinha, que dava voltas sobre a colina, o zumbido da moscaria e os prolongados e tristes gritos do camponês que tangia seus touros no campo.

Mas o menino não podia captar todos esses sons em conjunto. Não podia determinar a distância do local de sua origem. Eles pareciam cair em sua cabecinha um atrás do outro, baixos, difusos ou altos, até ensurdecedores, misturando-se às vezes numa desarmonia incompreensível e desagradável. O vento continuava assobiando em seus ouvidos e, de repente, suas ondas tornaram-se mais rápidas e fortes e cobriram todos os outros sons que agora pareciam vir de outro mundo, como a lembrança do dia de ontem. E, quando esses sons começaram a se apagar, o menino sentiu que estava enfraquecendo, os músculos de seu rosto se contraíam ritmicamente; os olhos piscavam, o cenho se carregava e todos os seus traços expressavam uma interrogação, um esforço penoso da mente e da imaginação. As novas sensações que vinham de todos os lados eram numerosas demais para a capacidade de sua consciência, ainda não formada. E ela começou a se cansar, mas ainda lutava, tentando resistir e dominá-las. Porém, a tarefa ia além das forças mentais de uma criança que não tinha imagens visuais para auxiliar nesse trabalho.

E os sons voavam e caíam, um atrás do outro, muito diferentes e muito fortes.

As ondas surgiam estrondosas da escuridão sonora, abraçavam o menino e passavam, voltando para as trevas, substituídas por novas ondas, com outros sons. Elas o acalentavam, embalavam. Nesse caos, soou mais uma vez a triste voz humana e depois instalou-se o silêncio total. O menino gemeu e caiu de costas na grama.

A mãe virou-se para ele e deu um grito. O menino estava pálido, num desmaio profundo.

VIII

O tio Maksim ficou muito preocupado com esse caso. Havia tempos que ele comprava livros sobre fisiologia, psicologia e pedagogia e se dedicava aos estudos de tudo que a ciência sabia sobre o desenvolvimento e a formação de crianças.

Ele se apaixonava cada vez mais pelos estudos e, por isso, os pensamentos lúgubres sobre sua inutilidade na vida – "um verme esmagado rastejando na poeira" – saíram de sua cabeça de veterano. No lugar ficaram a ponderação, o raciocínio e até os sonhos coloridos que aqueciam o velho coração. O tio Maksim convencia-se cada vez mais de que a natureza que privara o menino da vista não o deixaria sem outras capacidades. Era uma criatura muito sensível, tinha uma imaginação rica e reagia com plena força a tudo que lhe era acessível. Parecia a tio Maksim que sua missão era desenvolver os dons do menino; compensar a injustiça do destino com a força do pensamento e sua influência; colocar o menino em seu lugar nas fileiras dos combatentes pela justiça social.

"Quem sabe", pensava o velho garibaldino, "podemos lutar de outra forma que não com sabres e lanças. Talvez, injustiçado pelo destino, ele possa erguer a arma que lhe seja acessível para defender outros desafortunados, e eu, velho soldado mutilado, não terei vivido em vão os anos que me restam".

Mesmo os pensadores livres das décadas de 1840 e 1850 não refutavam a ideia supersticiosa do "mistério da predestinação". Por isso, não é de admirar que, com o desenvolvimento do menino que revelava capacidades fora do comum, o tio Maksim ficasse definitivamente convicto de que a cegueira dele era uma das manifestações desse "mistério da predestinação". "Um injustiçado lutando por outros desafortunados" – eis o lema que ele colocou de antemão na bandeira de luta de seu pupilo.

IX

Depois desse primeiro passeio primaveril, o menino ficou de cama vários dias tendo delírios. Ora estava imóvel e calado, ora balbuciava e prestava atenção ouvindo algo. A expressão de perplexidade não mudou durante todo esse tempo.

– Parece que ele tenta entender alguma coisa e não consegue – dizia a mãe.

O tio Maksim acenava com a cabeça e ficava pensativo. Ele entendia que o estado do menino e o repentino desmaio tivessem sido causados pela abundância de novas sensações que sua consciência não conseguira assimilar e resolveu provocar as mesmas sensações aos poucos e por partes. As janelas do quarto do menino estavam bem fechadas. À medida que ele se recuperava, começaram a abri-las por algum tempo, depois passaram a levar a criança para o terraço de entrada, para o pátio, para o jardim. E toda vez que no rosto do filho surgia a expressão de inquietação, a mãe explicava-lhe os sons que o alarmavam.

– É a corneta do pastor, vem de trás da floresta – dizia ela. – E isso é a voz do pisco-de-peito-ruivo e a chilreada dos pardais. É o grito da cegonha pousada na roda. Nesses dias, a cegonha volta de lugares distantes e está fazendo seu ninho.[5]

O menino acenava com a cabeça, virava o rosto iluminado de gratidão para a mãe, pegava a mão dela e continuava prestando atenção aos sons com ar pensativo e inteligente.

X

Agora ele perguntava sobre tudo que atraía sua atenção. A mãe e o tio Maksim contavam-lhe sobre os seres e os objetos que emitiam sons. As narrações da mãe, expressivas e vivas, eram as que mais impressionavam o menino, mas às vezes eram dolorosas. A jovem mulher, sofrendo ela mesma, olhando com dor e pena para o filho sem poder ajudá-lo, procurava dar a ele noções sobre formas e cores. O menino demandava sua atenção, franzia o cenho, até umas leves rugas apareciam em sua testa.

Era claro que a tarefa de criar uma nova imagem concreta a partir dessas explicações indiretas estava acima de suas forças e não resultava em nada. O menino empalidecia com esses esforços, e nos olhos da mãe brotavam lágrimas.

Nesses casos, o tio Maksim ficava carrancudo, entrava na conversa, afastava a mãe do menino e começava suas narrações referentes principalmente às noções de som e espaço. O rosto do menino serenava.

– E de que tamanho ela é? Grande? – perguntou ele sobre a cegonha, que rufava preguiçosamente em seu poste,

---

5 Na Ucrânia e na Polônia costuma-se colocar rodas de carroça no topo de postes altos para que as cegonhas possam fazer ali seus ninhos. [N.A.]

e abriu os braços. Ele sempre fazia isso nessas ocasiões e tio Maksim indicava-lhe onde devia parar.

– Não, ela é muito maior. Se a colocasse no chão, sua cabeça ficaria acima do encosto da cadeira.

– É grande – disse o menino, pensativo. – E o pisco-de-peito-ruivo é assim! – mostrou ele ao tio Maksim, afastando um pouco as palmas das mãos uma da outra.

– Sim, o pisco-de-peito-ruivo é pequeno. Em compensação, o canto das aves pequenas é muito mais bonito do que o das grandes. O pisco-de-peito-ruivo quer agradar a todos com seu canto. E a cegonha é uma ave séria, fica parada numa perna só e olha em volta, como uma patroa brava para seus empregados, e resmunga alto, sem se importar que a ouçam.

Com esses comentários, o menino ria e, por algum tempo, esquecia-se de suas penosas tentativas de entender as narrações da mãe. E mesmo assim elas o atraíam e ele preferia se dirigir à mãe com suas indagações, e não ao tio Maksim.

Capítulo segundo

I

A jovem cabecinha do menino era enriquecida com novas imagens e noções e, graças a seu ouvido excepcional, ele penetrava cada vez mais na natureza que o cercava. Mas sobre si e à sua volta continuavam reinando as trevas. Essas trevas, como uma nuvem de tempestade, pesavam em seu cérebro desde o dia de seu nascimento e ele deveria se acostumar com sua desgraça; no entanto, a natureza da criança, como que por instinto, não parava de tentar se livrar dessa cortina de escuridão. Essas inconscientes buscas por luz, sua desconhecida, refletiam-se em seu rosto com uma expressão cada vez mais profunda, prova de um esforço doloroso. Mas também havia momentos felizes de êxtase, quando as impressões, acessíveis a ele, proporcionavam-lhe sensações fortes, apresentando-lhe novos fenômenos da natureza do mundo invisível. A grande e potente natureza não estava totalmente inacessível para o menino.

Um dia, quando o levaram a um penhasco alto na beira do rio, ele começou a ouvir com muita atenção o som da água e, quando ouvia o barulho das pedras que se desprendiam de baixo de seus pés e rolavam pelo penhasco, se agarrava ao vestido da mãe. Desde então ele imaginava a profundidade como o longínquo barulho de água ou o rolar das pedras pelo penedo.

A lonjura soava para ele como uma canção extinguindo-se na floresta e, quando as trovoadas primaveris vinham do céu preenchendo todo o espaço com um estrondo feroz, o menino sentia um pavor piedoso, seu coração se dilatava e ele imaginava a grandiosidade e a altura dos céus.

Dessa maneira, os sons substituíam a imagem visual do mundo de fora para ele. As outras impressões eram apenas complementos às auditivas que o ajudavam a imaginar formas.

Nos dias quentes de verão, quando todo o movimento parava e instalava-se um silêncio atrás do qual se sentia a inaudível ação de forças vitais, no rosto do menino dava para ver uma expressão especial. Parecia que ele escutava algo concentrado e que dentro dele surgia uma ideia que soava como a melodia de uma canção.

II

Já era o quinto ano de sua vida. O menino, fino e magro, andava e até corria pela casa toda. Se alguém que não soubesse de sua cegueira visse a segurança com que ele se movimentava pelos quartos, entre os móveis, virando onde era preciso virar, chegando diretamente até os objetos que ele queria pegar, pensaria que o menino tinha esse olhar parado por estar simplesmente concentrado numa outra coisa, mas não por ser cego. Já no pátio ele andava com dificuldade, usando uma bengala para bater com ela no chão à sua frente antes de avançar. Quando estava sem a bengala, preferia engatinhar, apalpando os objetos que encontrava pela frente.

III

Era uma calma tarde de verão. O tio Maksim estava no jardim, sentado. O pai, como sempre, demorava em algum de seus campos longínquos. No pátio e fora dele reinava o silêncio; a aldeia adormecia. No quarto dos criados e empregados, suas vozes não se ouviam mais. Fazia meia hora que o menino fora colocado na cama.

Estava adormecendo. Já fazia algum tempo que, nessa hora silenciosa, ele era tomado por uma estranha recordação. É claro que ele nunca tinha visto como o céu azul escurece, como os cumes enegrecidos das árvores balançam no fundo do céu estrelado, como os telhados das casas em volta do pátio ficam sombrios, como a escuridão azul derrama-se pela terra com o brilho dourado da lua e das estrelas. Mas já fazia alguns dias que ele adormecia sob uma impressão encantadora da qual não conseguia se lembrar no dia seguinte. Quando o sono vencia sua consciência e ele já não ouvia o latido dos cães, o assobio do rouxinol do outro lado do rio, o ramalhar das faias e o melancólico tilintar da campainha no pescoço do bezerro pastando no prado, quando todos os sons se fundiam, parecia-lhe que eles se transformavam numa melodia harmoniosa que entrava pela janela e girava sobre sua cama, inspirando-lhe sonhos confusos, mas muito agradáveis. De manhã ele acordava enternecido e perguntava à mãe:

– O que foi aquilo ontem? O quê?

A mãe não sabia do que ele falava e pensava que eram sonhos que o perturbavam. Ela mesma colocava o menino na cama, persignava-o e ia embora quando ele começava a adormecer, não via nada de extraordinário. Mas no dia seguinte o menino voltava a falar de algo muito agradável que acontecera à noite.

– Foi tão bom, mamãe! Tão bom! Mas o que era aquilo?

Naquela noite ela resolveu ficar perto do menino mais tempo para desvendar esse mistério. Estava sentada na cadeira ao lado da cama tricotando, ouvindo a respiração regular de seu Petrús[6]. Ele parecia ter adormecido profundamente quando, de repente, perguntou baixinho:

– Mamãe, você está aqui?

– Sim, meu querido.

– Por favor, vá embora. Ele tem medo de você e por isso não vem... Eu quase dormi, mas ele não apareceu até agora.

A mãe ouviu esse sussurro lamentoso do filho sonolento com surpresa e um sentimento estranho.

A criança falava de seu sonho com tanta convicção como se fosse realidade. No entanto, ela se levantou, inclinou-se para dar um beijo no filho, e saía lentamente do quarto, passando perto da janela aberta que dava para o jardim. Mal concluiu o caminho, o mistério se desvendou. Ela ouviu os suaves sons de flauta que vinham da cocheira e logo entendeu que essa melodia simples coincidia com a hora do adormecimento do menino e o predispunha às mais agradáveis fantasias.

Ela mesma parou para ouvir as canções líricas ucranianas e, totalmente apaziguada, foi para a alameda escura onde estava o tio Maksim.

---

6 Diminutivo de Piótr. [NOTA DESTA EDIÇÃO]

"Iókhim toca muito bem", pensou ela. "Estranho! Que sensibilidade tem esse cocheiro tosco!"

IV

Iókhim realmente tocava bem. Ele dominava até o complicado violino, e houve um tempo em que, aos domingos, na hospedaria, ninguém tocava melhor do que ele a cossaca ou o *krakoviak*[7]. Quando, com o gorro de astracã inclinado na cabeça, ele apertava fortemente o violino com o queixo contra o ombro e começava a passar o arco nas cordas, ninguém conseguia permanecer sentado. Extasiava-se até o velho judeu caolho Iankel, que acompanhava Iókhim tocando seu contrabaixo e tirando as últimas forças de seu instrumento, fazendo-o alcançar os leves e saltitantes sons do violino com suas notas graves. E o próprio Iankel pulava ao ritmo da melodia brincalhona, mexendo os ombros e virando a cabeça careca coberta com um solidéu. O que falar então do povo cristão, que já nasce com pernas que pulam e batem os pés ao som da primeira dança?

Mas desde que Iókhim se apaixonou por Maria, criada do dono de terras vizinho, ele deixou de gostar de seu alegre violino. A verdade é que o violino não o ajudou a conquistar o coração de Maria, que preferiu a fisionomia sem bigodes do camareiro alemão à cara bigoduda do músico ucraniano. Desde então, ninguém mais o ouviu tocar violino na hospedaria ou nos saraus. Iókhim o pendurou na cocheira e nem se importou quando as cordas de seu antigo amor começaram a estourar por causa da umidade, uma atrás da outra. E elas estouravam com um som tão agonizante, tão lamentoso e alto que até os

---

7 Danças populares da Ucrânia e da Polônia, respectivamente. [N.A.]

cavalos, compadecidos, relinchavam e viravam a cabeça para o dono cruel.

Iókhim substituiu o violino por uma espécie de flauta de madeira que ele comprou de um viajante montanhês da região dos Cárpatos. Provavelmente ele achou que seu som expressava melhor a tristeza de seu destino amargo e do amor não correspondido. Porém, a flauta montanhesa frustrou suas expectativas. Ele testou uma dezena de flautas, encurtando-as, deixando de molho e secando ao sol, penduradas numa cordinha debaixo do telhado para que o vento as arejasse – nada adiantou. A flauta não escutava o coração do cossaco. Ela assobiava quando era preciso cantar, dava uns guinchos quando ele esperava dela uma triste vibração e não transmitia o estado de espírito de seu dono. Iókhim odiou todos os montanheses ambulantes que não foram capazes de fazer uma boa flauta e resolveu fazê-la com as próprias mãos. Durante vários dias ele vagou pelas redondezas procurando salgueiros, escolhendo e cortando os ramos, mas não conseguia achar o que precisava. De cara amarrada, ele continuava suas buscas. Finalmente encontrou um salgueiro em uma enseada. A água balançava levemente o topo branco das ninfeias. Iókhim viu que justamente nesse lugar ele acharia o que procurava. Examinou atentamente o salgueiro e, decididamente, aproximou-se de um ramo reto, deu um piparote nele e com prazer observou seu balanço bem elástico. Depois tirou sua navalha do cano da bota e o cortou.

– É isso mesmo, bem isso! – disse Iókhim e jogou na água tudo que havia cortado antes.

A flauta ficou uma maravilha. Depois que o ramo secou, ele queimou seu miolo com um fio metálico incandescente, furou queimando seis orifícios redondos e o sétimo recortou na diagonal, tampou uma ponta com uma rolhinha de madeira, mantendo uma fresta estreita no sentido oblíquo.

Deixou-a uma semana pendurada ao sol e ao vento. Depois ele a poliu com faca e vidro, esfregou-a com um pano de tecido grosso. Sua ponta era redonda, do centro dela saíam as faces polidas, nas quais, com pedaços de metal, ele gravou uns ornamentos. Ao testar rapidamente algumas escalas, ele sacudiu a cabeça, soltou um grasnido de satisfação e escondeu a flauta num lugar discreto perto de sua cama. Ele não queria fazer o primeiro teste musical durante a agitação do dia. Mas na mesma noite ouviram-se da cocheira lindos trinos de sua flauta. Iókhim alegrou-se, pois ela parecia ser uma parte dele; os sons que emitia eram como se saídos de seu aquecido e enternecido peito, e cada nuance de seus sentimentos, de sua tristeza, transmitia-se por essa flauta maravilhosa, fluindo uma atrás da outra no silêncio atento da noite.

V

Agora Iókhim estava apaixonado por sua flauta e vivia em lua de mel com ela. De dia ele cumpria com suas obrigações de cocheiro, levava os cavalos ao bebedouro, atrelava-os e saía com a senhora ou com Maksim. Às vezes olhava para os lados do povoado vizinho, onde morava a cruel Maria, e seu coração começava a doer de saudades. Mas, ao chegar da noite, ele se esquecia de tudo deste mundo, até a imagem de Maria de sobrancelhas negras parecia cobrir-se com a névoa, perdendo seus traços concretos, e servia apenas para inspirar lindas e tristes melodias à sua maravilhosa flauta.

Naquela noite Iókhim também estava na cocheira num êxtase musical, absorto em suas melodias trêmulas. Ele já havia se esquecido não só da cruel beldade, mas também da própria existência, quando de repente estremeceu e soergueu-se. No ponto mais emocional ele sentiu uma respiração curta de alguém, e uma pequena mão correu por seu rosto com dedinhos leves e, logo em seguida, começou a apalpar a flauta.

– Cruz-credo! – pronunciou ele o esconjuro e perguntou: – Diabo ou Deus? – pensando que fosse um espírito impuro.

Nesse instante, o luar que entrou pelo portão entreaberto mostrou que ele estava enganado.

Perto da cama estava o filho dos senhores, estendendo a ele seus bracinhos.

Passada uma hora, a mãe foi ver seu filho dormindo, mas não o encontrou na cama. Ela levou um susto, mas a intuição materna soprou-lhe onde ela deveria procurar o menino. Iókhim ficou muito constrangido ao ver a "prezada senhora" no portão da cocheira. Ela já estava havia alguns minutos no mesmo lugar, ouvindo-o tocar e observando seu filho, enrolado no casaco do cocheiro e sentado em sua cama, ainda esperando ouvir a música interrompida.

VI

Desde aquela noite o menino ia à cocheira. Não lhe passava pela cabeça pedir a Iókhim que tocasse a flauta de dia. Parecia que, em sua imaginação, o movimento e a agitação do dia excluíam a possibilidade de surgirem as melodias suaves. Mas, logo que a noite chegava, Petrús ficava inquieto, impaciente. O jantar para ele era apenas o sinal de que a hora desejada estava chegando. A mãe não gostava dessas sessões musicais, mas não podia proibir o menino de correr à cocheira e passar lá as horas antes de ir para a cama. Mas, para o menino, essas duas horas tornaram-se as mais felizes de sua vida. E a mãe, torturada pelo ciúme, percebia que durante o dia seu filho vivia dominado pelas impressões noturnas e, mesmo sentado em seu colo e abraçando-a, ele não respondia a suas carícias como antes e ficava pensativo, recordando as melodias do flautista. Ela lembrou-se de que, anos antes, no colégio interno da sra. Radétzky, em Kiev, entre outras "artes agradáveis", ela teve aulas de música. Na verdade, as lembranças não eram muito felizes porque estavam ligadas à professora, srta. Klaps, velha solteirona alemã, magérrima, prosaica e muito brava. Essa solteirona biliosa tinha a grande habilidade de "torcer" os dedos de suas alunas para lhes dar maior flexibilidade e, com grande sucesso, matava em suas pupilas todos os sinais de interesse pela música. A mera presença da srta. Klaps já infundia medo, sem contar seus métodos pedagógicos. Por isso, ao concluir o colégio e se casar, Anna Mikháilovna nem pensou em renovar seus exercícios musicais. Mas agora, ouvindo Iókhim tocar sua flauta, ela sentiu que, apesar do ciúme, despertava nela a sensibilidade, o prazer de ouvir a melodia viva, e a imagem da senhorita alemã foi se apagando. Tanto que a sra. Popélskaia[8] pediu ao marido que comprasse um piano de cauda.

– Como queira, minha querida – respondeu-lhe o marido exemplar –, mas você parecia não gostar muito de música.

A carta com a encomenda de um piano foi enviada para Kiev no mesmo dia.

Mas até o piano chegar da cidade para o campo passaram-se duas ou três semanas.

Enquanto isso, as melodias da flauta soavam todas as noites da cocheira e o menino ia para lá, já sem pedir a permissão da mãe.

---

8 Em russo, o patronímico e o sobrenome das mulheres recebem sufixos femininos, como aqui no caso de Popélski/Popélskaia. [N.E.]

O cheiro específico da cocheira misturava-se com o aroma de feno e com um cheiro forte do couro cru. Os cavalos mastigavam o feno que tiravam de trás da grade. Quando Iókhim fazia uma pausa, o sussurro das verdes faias chegava do jardim. Pétrik[9] ouvia a música sem se mexer, como se estivesse enfeitiçado. Ele nunca interrompia o músico e, somente quando este parava por dois ou três minutos, a expressão de ansiedade surgia no rosto do menino. Ele pegava a flauta e, com a mão trêmula, encostava a embocadura em seus lábios. Mas, de tanta emoção, ele quase não conseguia respirar e os primeiros sons saíam fracos e tremidos. Aos poucos, ele começou a dominar o instrumento simples. Iókhim colocava os dedinhos do menino nos orifícios e, embora sua mão pequena não alcançasse todos eles, o menino acostumou-se com os sons da escala musical. Para ele cada nota tinha a própria feição, sua individualidade. Ele já sabia em que orifício vivia cada uma dessas notas, de onde ele devia soltá-las. Quando Iókhim tocava alguma melodia simples, os dedinhos de Pétrik também começavam a se mexer, repetindo os movimentos do flautista. Ele já sabia o lugar de cada nota.

VII

Passaram-se três semanas e o piano finalmente foi trazido.

Pétia[10] estava no pátio e ouviu como os carregadores preparavam-se para levar a "música" estrangeira à sala. Ela parecia ser muito pesada, porque, quando a descarregavam, a carroça estalava e, quando a levantavam, os homens gemiam. A passos lentos eles se dirigiram à casa e

---

9 Mais um diminutivo de Piótr. [N.E.]
10 Outro diminutivo de Piótr. [N.E.]

a cada passo algo zumbia, rezingava e tilintava sobre suas cabeças. Quando essa "música" estranha foi instalada, produziu um som retumbante e bravo como que ameaçando alguém. Tudo isso assustava o menino e não o predispunha à aceitação do hóspede severo. Ele foi para o jardim e não ouviu como o afinador, que veio da cidade, testava as teclas e ajustava as cordas. Somente quando tudo estava pronto, a mãe mandou chamar Pétrik.

Agora, armada com o instrumento do melhor mestre vienense, Anna Mikháilovna já cantava vitória sobre a flauta rústica. Ela tinha certeza de que seu Pétrik esqueceria a cocheira e o flautista e ia receber da mãe todas as suas alegrias. Ela olhou com um sorriso para Pétrik, que entrou timidamente com Maksim, e para Iókhim, que pediu a permissão de ouvir a música estrangeira e parou na porta, olhando para o chão. Quando o tio Maksim e Pétrik se acomodaram no sofá, ela pressionou uma tecla do piano.

Estava tocando a peça que aprendera no colégio da sra. Radétzky com a srta. Klaps. Era algo muito alto, complicado, e exigia flexibilidade dos dedos. No exame público, Anna Mikháilovna e sua professora receberam muitos elogios. Ninguém poderia afirmar, mas muitas pessoas acreditam que o taciturno sr. Popélski fora cativado pela srta. Iatzenko justamente durante aqueles quinze minutos, enquanto ela tocava essa difícil peça. Agora, a jovem a tocava novamente, contando com outra vitória: conquistar o coração de seu pequeno filho, apaixonado pela flauta ucraniana. Porém, dessa vez suas expectativas eram vãs: vencer um pedaço de salgueiro ucraniano estava nitidamente acima das forças do instrumento vienense. Apesar de que o piano tinha armas potentes: madeira cara, as excelentes cordas e o excelente trabalho do mestre, o registro amplo e rico. Em compensação, a flauta ucraniana tinha muitos aliados, porque ela estava em sua pátria e em seu próprio ambiente – a natureza ucraniana. Antes de o olho perspicaz de Iókhim reparar no ramo do qual ela fora feita e cortá-lo com seu canivete, ela balançava sobre o rio que o menino conhecia, foi acariciada e acompanhada de sua natureza ucraniana, aquecida pelo sol ucraniano e refrescada pelo vento ucraniano. E agora era difícil para um estrangeiro intruso lutar contra uma simplória flauta nativa, porque era ela que o menino cego escutava entre os misteriosos rumores da noite e o ramalhar das faias na hora calma de seu adormecimento.

E mesmo a sra. Popélskaia estava longe de poder competir com Iókhim. É verdade que seus dedos finos eram mais velozes e mais flexíveis; a melodia que ela tocou era mais complexa e mais rica.

A srta. Klaps teve um trabalho enorme para ensinar sua pupila a dominar esse complicado instrumento. Mas em compensação Iókhim tinha um senso musical nato, ele amava, ele se afligia, e seu amor e sua tristeza eram divididos com sua natureza nativa. Foram essa natureza, os sons da floresta, os sussurros do mato, as canções antigas que ele ouvia ainda em seu berço que lhe ensinaram essas melodias simples.

Sim, foi difícil ao instrumento vienense vencer a flauta ucraniana. Não passou nem um minuto e, de repente, tio Maksim bateu com sua muleta no chão. Anna Mikháilovna virou a cabeça e viu no rosto pálido de Pétrik a mesma expressão que tivera no inesquecível dia do desmaio.

Iókhim olhou para o menino com compaixão, lançou um olhar desdenhoso para a "música" alemã e retirou-se batendo com suas botas no chão da sala.

VIII

A pobre mãe derramou muitas lágrimas depois desse fracasso e sentiu-se envergonhada. Ela, a "prezada sra. Popélskaia", que recebera aplausos estrondosos de um "público selecionado", fora vencida – e ainda por quem? Por um simples cocheiro e seu apito idiota! Quando se lembrava de seu olhar desdenhoso depois do concerto malsucedido, seu rosto ficava ruborizado e ela odiava aquele "plebeu chato".

Não obstante, toda noite, quando o menino ia à cocheira, ela abria a janela, acotovelava-se nela e ouvia atentamente a flauta tocar.

No começo, sentiu desprezo e raiva, procurando ver o ridículo nesse "chilreio bobo". Mas, pouco a pouco, sem notar como isso aconteceu, o "chilreio bobo" ia prendendo sua atenção; ela escutava ansiosamente aquelas melodias tristes e pensativas. Ao se dar conta disso, perguntou-se em que consistia aquele atrativo, qual era o mistério de seu encanto. E aquelas noites azuis, as vagas sombras noturnas e a surpreendente harmonia entre as melodias e a natureza responderam à pergunta.

"Sim", pensou ela, vencida e conquistada, "há algo especial nisso, uma poesia fascinante que não se aprende nas notas".

Era verdade. O mistério dessa poesia estava na surpreendente ligação entre o passado longínquo e a natureza, que é testemunha desse passado, que continua eternamente viva e fala com o coração humano. E ele, um homem rude, de botas engraxadas e mãos calejadas, tinha dentro de si essa harmonia, esse senso de natureza.

E ela reconhecia que a altiva "senhora" dentro dela se resignava com o plebeu, o cocheiro. Esquecia-se das roupas toscas e do cheiro de graxa que ele possuía; por trás de suas melodias ela via o rosto bondoso, a ternura em seus olhos cinzentos e o sorriso tímido debaixo dos bigodes. Às vezes, o rubor da ira aparecia em seu rosto; ela sentia que lutava pelo afeto do filho em pé de igualdade com um mujique e quem estava vencendo era ele, o plebeu.

As árvores no jardim sussurravam sobre sua cabeça; a noite acendia as estrelas e derramava na terra sua escuridão azul. E com ela entrava no coração da jovem mulher a profunda tristeza das melodias de Iókhim. Cada vez mais ela se conformava com seu fracasso e desvendava o simples mistério da pura e espontânea poesia.

IX

Sim, o mujique Iókhim tinha uma sensibilidade incomum! E ela? Será que não tinha? E por que essa dor no coração? Por que essas lágrimas? Será por amor à sua pobre criança privada de vista, que corria para Iókhim porque ela não podia lhe dar o mesmo prazer?

Ela se lembrou da expressão de dor no rosto da criança causada pela música que tocou e lágrimas quentes jorraram de seus olhos, o pranto contido apertou sua garganta.

Pobre mãe! A cegueira do filho tornou-se seu mal eterno, incurável, manifestado na ternura exagerada, doentia, e nesse sentimento agudo no coração, que a dominava e a ligava por mil fios invisíveis a qualquer demonstração de sofrimento da criança.

A causa disso, a rivalidade com o flautista, que para qualquer outra mãe seria apenas um pequeno aborrecimento, para ela tornou-se a fonte de sofrimentos terríveis.

O tempo estava passando sem lhe trazer alívio, mas não passava em vão: ela começou a sentir a vivacidade da poesia e o encanto das melodias na execução de Iókhim.

E dentro dela nasceu uma esperança. Várias vezes, sentindo-se mais confiante, ela se sentava ao piano com a vontade de abafar a flauta com os sons melodiosos das teclas. Mas toda vez a falta de coragem a impedia. Ela se lembrava da expressão de sofrimento no rosto do filho, do desdenhoso olhar de Iókhim, e suas faces começavam a arder de vergonha. Suas mãos apenas correram timidamente no ar por cima do teclado.

No entanto, crescia nela a consciência das próprias forças e, à tarde, quando o menino estava no jardim ou saía para passear, ela sentava ao piano. Não ficou contente com seus primeiros experimentos; as mãos não obedeciam, os sons não correspondiam a seu estado de espírito. Mas, pouco a pouco, esse estado de espírito começou a se expressar em sons com plenitude e facilidade maior; as aulas do flautista não foram em vão, e o amor da mãe e a compreensão do que exatamente comovia tanto o coração da criança ajudaram-na a assimilá-las. Agora, debaixo de seus dedos não surgiam sons altos e estalantes de peças complicadas, mas melodias plangentes de canções ucranianas que enterneciam o coração da mãe.

Finalmente, ela teve a coragem de travar uma batalha pública e, à noite, entre a casa senhorial e a cocheira, iniciou-se uma estranha competição. Do barraco com telhado de palha ouviam-se trinados da flauta e, das janelas abertas da casa que luziam através da folhagem de faias, saíam acordes melodiosos de piano.

De início, nem o menino nem Iókhim queriam prestar atenção a essa música "complicada" contra a qual ambos já tinham preconceito. Pétrik até carregava o cenho e apressava Iókhim quando ele parava de tocar:

– Ah, continue, toque!

Mal se passaram três dias, essas paradas tornaram-se mais frequentes. Iókhim punha a flauta de lado e ficava ouvindo o piano cada vez com mais atenção e até o menino esquecia-se de apressar seu amigo. Finalmente, Iókhim disse com ar pensativo:

– Como é bonito! Veja só que coisa!

E depois, com o mesmo ar pensativo, pegou o menino nos braços e foi até a janela da casa. Ele pensava que a "prezada senhora" estava tocando para o próprio prazer e não prestava atenção a eles. Mas Anna Mikháilovna percebeu que sua rival, a flauta, silenciou e seu coração palpitava de alegria. Ela estava feliz e compreendia que devia essa felicidade a Iókhim. Foi ele quem a ensinou a ganhar a atenção do filho e, se ele aceitasse receber dela tesouros inteiros de novas sensações, ambos seriam gratos a esse mujique que se tornou professor deles.

X

O gelo foi quebrado. No dia seguinte, o menino entrou na sala, onde não estivera desde que o estranho hóspede tinha se acomodado nela, parecendo-lhe tão severo e estrondoso. As músicas do dia anterior mudaram sua impressão do instrumento. Ainda com timidez, ele parou a certa distância do piano. Na sala não havia ninguém. A mãe estava no quarto contíguo, sentada no sofá com seu bordado e, com a respiração presa, seguia com o olhar cada movimento do filho e cada expressão em seu rosto.

Ele estendeu as mãos, tocou a superfície polida do instrumento e se afastou em seguida. Ao repetir duas vezes essa experiência, ele chegou perto do piano e começou a examiná-lo detalhadamente de todos os lados, inclinou-se para apalpar seus pés e, enfim, sua mão foi parar no teclado e ele apertou uma tecla. O som da corda tremeu no ar e o menino escutava atentamente suas últimas vibrações, já imperceptíveis para o ouvido da mãe. Depois, apertando uma após a outra, ele chegou à tecla do registro superior. A cada tom ele dava tempo suficiente e eles flutuavam, tremiam e se extinguiam no ar. O rosto do cego expressava curiosidade e prazer. Aparentemente ele admirava cada um deles e, nessa atenção aos elementos que compunham as melodias, já se percebiam aptidões de artista.

Além disso, o menino sentia em cada som suas propriedades específicas: quando soava uma nota do alto registro, sonora e alegre, ele levantava seu rosto animado, como que acompanhando seu voo; e, ao contrário, para ouvir a nota baixa, ele se inclinava ao teclado, porque lhe parecia que esse som pesado deveria rolar pelo chão e se perder nos cantos.

XI

O tio Maksim olhava para esses experimentos musicais com nada mais que tolerância. Por um lado, pensava ele, as inclinações do menino, que se revelaram tão cedo, evidenciavam suas capacidades e podiam determinar seu futuro. Mas o coração do velho soldado sentia certa frustração.

"É claro", raciocinava o tio Maksim, "a música também é uma grande força que pode dominar o coração da multidão. O músico cego vai reunir centenas de senhores e janotas, tocar para eles valsas, noturnos (para dizer a verdade, os conhecimentos do tio Maksim na área de música não iam além de 'valsas e noturnos') e eles vão enxugar suas lágrimas com lencinhos. Que o diabo me carregue! Não era isso que eu esperava, mas fazer o quê! O menino é cego, que se torne aquilo que ele conseguir. Mas seria melhor se fosse cantor. A canção serve não somente para agradar o ouvido, ela desperta ideias na cabeça e a coragem no coração".

– Escute, Iókhim – disse ele entrando na cocheira atrás do menino. – Largue esse seu apito pelo menos por uma noite! Isso é para os moleques de rua ou para os ajudantes de pastores, mas você é um mujique adulto, embora essa Maria tenha feito de você um bezerro. Urrr! É vergonhoso! Choraminga porque a rapariga lhe voltou as costas! Fica com esse apito como um passarinho piando na gaiola!

Escutando essa longa admoestação do senhor nervoso sem motivo, Iókhim só dava risinhos na escuridão. Apenas a menção aos moleques e meninos pastores o magoou um pouco.

– Não diga isso, senhor! Flauta como esta nenhum pastor vai achar na Ucrânia inteira, muito menos os meninos ajudantes! Eles sim têm apitos, mas eu tenho flauta. Escute só.

Ele tampou com os dedos todos os orifícios da flauta e tocou somente dois tons na oitava, admirando sua sonância.

Maksim deu uma cuspida.

– Urrr! Deus me perdoe! O rapaz ficou estúpido de vez! O que sua flauta significa para mim? São todas iguais: as flautas e as moças, inclusive a sua Maria. Seria melhor se cantasse uma boa canção ucraniana dos velhos tempos. Se é que sabe cantar.

Maksim Iatzenko, ucraniano, era um homem simples e tratava os empregados e mujiques de igual para igual. Ele gritava e xingava frequentemente, mas sem ofendê-los. Por isso as pessoas falavam com ele com toda a liberdade, mas respeitosamente.

– E por que não? – respondeu Iókhim à proposta do senhor. – Eu cantava outrora e não pior do que os outros. Só que as canções de mujiques podem não ser do gosto do senhor – disse Iókhim com uma leve malícia.

– Não fale besteira – disse Maksim. – Uma boa canção, quando o homem sabe cantar, não se compara com a flauta.

Bom, Pétrik, vamos ouvir a canção de Iókhim. Será que vai entender, menino?

– Mas é uma canção de servos? – perguntou Pétrik. – Eu entendo a língua deles.

Maksim suspirou. Ele era romântico e outrora sonhava com o renascimento da Zaporojskaia Sietch[11].

– Ah, menino! Não são canções de servos, mas do povo livre e forte. Seus avós maternos cantavam-nas nas estepes do Rio Dniepre, no Rio Danúbio e no Mar Negro. Bom, um dia você vai entender isso, mas agora eu tenho medo de outra coisa.

Realmente, o tio Maksim receava a incompreensão de outras coisas. As pitorescas imagens das canções ucranianas que surgiram nos séculos XVI e XVII eram acompanhadas de imagens visuais para chegar ao coração do ouvinte. Ele receava que o menino não seria capaz de sentir os quadros vivos do canto ucraniano épico. Ele se esquecia de que a maior parte dos cantores e músicos que os acompanhavam tocando *kobzá* ou bandurra[12] eram cegos.

É verdade que a vida penosa ou a invalidez os obrigava a pegar a lira ou a bandurra para com ela pedir esmola. Mas nem todos eles eram somente mendigos ou cantores fanhosos, e nem todos haviam perdido a vista somente na velhice. A cegueira fecha o mundo visível com uma cortina de escuridão, que dificulta e impede o trabalho do cérebro e, mesmo assim, com as imagens e impressões obtidas por outras vias, o cérebro cria nessa escuridão seu próprio mundo, um mundo triste e sombrio, mas não privado de uma poesia vaga e peculiar.

---

11 Organização de cossacos ucranianos criada no século XVI na região, abaixo das corredeiras do Rio Dniepre. No século XVII, esteve no centro de rebeliões contra o domínio da nobreza polonesa. Em 1775, a organização foi dissolvida pelo edito de Catarina II. [N.A.]

12 Instrumentos de corda ucranianos. [N.E.]

XII

Maksim e o menino sentaram-se sobre o feno, e Iókhim deitou-se de lado no banco, apoiado no cotovelo e a cabeça na palma da mão (era sua pose predileta nos momentos de inspirações artísticas), ficou pensativo por um minuto e entoou uma canção. Por acaso ou por instinto, sua escolha foi feliz. A canção descrevia um quadro histórico:

Lá no alto, na colina verde,
As ceifeiras ceifam...

Quem já tivesse ouvido essa linda canção popular em boa interpretação lembrava-se de sua melodia lenta como uma narração das memórias de um triste passado. Nela não se falava de batalhas sangrentas, de investidas ousadas ou façanhas. Nem mesmo da despedida de um cossaco de sua amada, ou de uma expedição em canoas estreitas para lugares longínquos através do Danúbio e do Mar Negro. Era apenas um quadro momentâneo, surgido de repente na memória do ucraniano como um pedaço de sonho sobre a história do passado. Na enfadonha vida atual, ele surgia na sua imaginação como uma lembrança vaga e triste do passado já desaparecido. Desaparecido, mas não sem deixar vestígios, como atestavam os cômoros funerários onde estavam depositados os restos mortais dos cossacos, onde à meia-noite apareciam luzes e ouviam-se gemidos. Esse passado era retomado pelas lendas populares e a antiga canção:

Lá no alto, na colina verde,
As ceifeiras ceifam.
E, ao pé da colina,
Os cossacos marcham!
Marcham os cossacos!

Maksim Iatzenko ouvia com gosto a triste canção. A melodia se unia com o conteúdo da letra e fazia surgir em sua imaginação esse quadro de pacíficos campos verdes e do monte, iluminados pelos melancólicos raios de sol no fim da tarde, com as figuras agachadas das ceifeiras e, embaixo, passam silenciosamente os destacamentos de cossacos sumindo nas sombras da tarde.

E a melodia soava e silenciava no ar para depois soar novamente e fazer renascer novas imagens do passado.

XIII

Pétrik escutava a canção com ar entristecido. Quando ouviu a palavra "colina", sua imaginação o levou para o alto do penedo, no qual ele já estivera e ouvira o leve rumor das águas batendo nas pedras; já sabia quem eram as ceifeiras, conhecia o som metálico da foice e o farfalho das espigas.

E quando Iókhim cantava sobre o que estava acontecendo ao pé da colina, a imaginação do cego o levava da colina para o vale.

O tinir de foices cessara, mas o menino sabia que as ceifeiras estavam lá, só não eram ouvidas porque estavam longe, no alto, assim como os pinheiros, cujo barulho ele ouvira no alto do rochedo. E na beira do rio soava o rítmico bater dos cascos de cavalos. Eram muitos e lá, ao pé da colina, na escuridão, ouvia-se um ruído constante e indefinido. Era a "cavalgada de cossacos".

Ele sabia também o que significava a palavra "cossaco". O velho Khviedko, que aparecia na fazenda, todos chamavam de "velho cossaco". Várias vezes ele pegava Pétrik no colo e passava a mão trêmula no cabelo do menino. E quando Pétrik apalpava o rosto do cossaco, seus dedos sentiam as faces cavadas, cheias de rugas, os longos e caídos bigodes, as lágrimas senis de Khviedko. Era assim que, ouvindo a triste canção, o menino imaginava os cossacos passando ao pé da colina.

Eles estavam a cavalo, todos bigodudos, arqueados e velhos como Khviedko. Eles avançavam silenciosamente na escuridão e choravam como Khviedko talvez porque sobre a colina e o vale se ouvissem os longos gemidos da canção de Iókhim falando do imprudente cossaco que trocara sua jovem esposa pelas adversidades da guerra e por um cachimbo de campanha.

Para Maksim, bastava dar uma olhada no menino e entender que, apesar da cegueira, sua natureza era capaz de sentir as imagens poéticas da canção.

Capítulo terceiro

I

Graças ao regime estabelecido por Maksim, o menino foi entregue à própria sorte em tudo que ele poderia fazer com o próprio esforço, e os resultados foram excelentes. Em casa, ele se movimentava com segurança, sozinho arrumava seu quarto e mantinha os brinquedos e roupas em ordem. Maksim dava muita atenção à forma física do menino e introduziu exercícios especiais para ele. Quando Pétrik completou 5 anos, ele presenteou o sobrinho com um cavalinho manso. De início, a mãe não podia nem imaginar o filho cego andando a cavalo e chamou a ideia do irmão de loucura. Mas o veterano de guerra usou de sua influência e, passados dois ou três meses, o menino cavalgava ao lado de Iókhim, que dava comandos somente nas viradas.

Portanto, a cegueira não impediu o desenvolvimento físico do garoto, e assim diminuiu sua influência na mentalidade do menino.

Para sua idade, ele tinha altura e constituição satisfatórias; seu rosto tinha traços finos e expressivos, era um pouco pálido e o cabelo preto acentuava a brancura da cútis. Os olhos quase imóveis davam uma expressão incomum a seu rosto, o que logo chamava atenção. Uma fina ruga em cima das sobrancelhas, o costume de mover a cabeça um pouco para a frente e a expressão triste que às vezes enevoava seu bonito rosto – eram traços ligados à cegueira que se manifestavam em sua aparência. Seus movimentos em lugares conhecidos eram seguros e mesmo assim se notava a falta da vivacidade natural, que só se revelava em ímpetos bruscos e nervosos.

II

Nesse tempo, as impressões auditivas adquiriram importância maior na vida do cego, as formas sonoras tornaram-se as estruturas principais que moldavam seu pensamento, o centro do trabalho mental. Ele memorizava as canções, ouvindo suas melodias fascinantes, tristes ou alegres. Captava mais atentamente os sons da natureza que o cercavam e unia suas sensações vagas com os motivos já conhecidos numa improvisação na qual era difícil distinguir onde terminava o motivo já conhecido e onde começava a própria criação. Nem ele mesmo saberia distinguir esses dois elementos de tão natural era a ligação entre eles.

A mãe o ensinava a tocar piano e ele aprendia tudo com rapidez, mas continuava apaixonado pela flauta de Iókhim. O piano era mais rico e mais sonoro, mas ficava em casa, enquanto a flauta podia ser levada para o campo, onde seus sons se uniam com os suspiros da estepe tão plenamente que o próprio Pétrik não saberia dizer se era o vento que lhe soprava as melodias ou se ele mesmo as extraía de sua flauta. Essa atração pela música tornou-se o centro de seu crescimento intelectual. Ela preenchia e diversificava sua vida. Maksim aproveitava isso para fazer o menino conhecer a história de seu país e, na imaginação do cego, ela foi toda tecida com sons. Seu interesse pelas canções levava-o a conhecer seus heróis, seus destinos e o destino da pátria. Daí surgiu o interesse pela literatura e, no nono ano de sua vida, Maksim começou a lhe dar aulas. O menino gostava das aulas de Maksim (que, por sua vez, teve de estudar os métodos especiais de ensino para cegos). Elas introduziram em sua percepção do mundo um novo elemento – clareza e precisão que, ao mesmo tempo, equilibravam suas vagas sensações musicais. Dessa maneira, o dia do menino estava preenchido e ele não poderia se queixar da falta de impressões. Parecia que a criança estava levando uma vida plena. Parecia também que ele não se dava conta de sua cegueira. Mas sentia uma tristeza em seu modo de ser. Maksim atribuía isso à falta de companhia, de amigos de sua idade, e procurava preencher essa ausência. Mas os filhos de camponeses ficavam acanhados quando eram convidados para ir à fazenda. Além do ambiente novo, embaraçava-os a cegueira do "filho do fidalgo". Olhavam para ele com medo e mantinham-se juntos, calados ou sussurrando entre si. Mas, quando os deixavam no jardim ou no campo, eles se descontraíam e começavam a brincar, porém o cego ficava de lado, ouvindo com ar triste a alegre barulheira da meninada. Às vezes, Iókhim juntava as crianças à sua volta e contava-lhes historinhas engraçadas. Os filhos de camponeses, que conheciam muito bem o diabo ucraniano atoleimado e as bruxas marotas, completavam essas narrações com as suas, e as conversas eram animadas. O cego ouvia tudo com muita atenção, mas era raro rir. Aparentemente, o humor da linguagem falada ainda não era acessível para ele, pois não podia ver nem a mímica do narrador.

III

Pouco antes dos acontecimentos aqui descritos, o sítio vizinho trocou de arrendatário. Em substituição ao antigo funcionário – uma pessoa inoportuna que conseguiu arranjar confusão até com o pacato sr. Popélski por causa de um estrago provocado pelo gado na área semeada –, instalou-se na propriedade um tal de sr. Iaskúlski, acompanhado da esposa. Apesar de os cônjuges terem, juntos, quase 100 anos, eles tinham contraído matrimônio havia pouco tempo, porque o sr. Iákub demorou muito para conseguir juntar dinheiro suficiente para arrendar um sítio. Ele trabalhava como administrador nas fazendas dos outros e a sra. Agnechka, enquanto aguardava o momento feliz do casamento, trabalhava como copeira de honra na casa da condessa Potótzkaia. Quando, enfim, o momento feliz chegou e os noivos entraram de mãos dadas na igreja católica, metade do bigode e do topete do noivo eram grisalhos e o rosto da noiva, corado de pudor, estava emoldurado de cachos prateados. Mas isso não alterou a felicidade conjugal, e o fruto desse amor tardio foi uma única filha, quase coetânea de Pétrik.

Depois de terem conseguido um canto do qual pudessem se considerar donos, mesmo que condicionalmente, o casal levava uma vida modesta e tranquila, que era uma recompensa pelos longos anos de mudanças e trabalho para "os outros". Seu primeiro arrendamento não fora bem-sucedido e por isso eles tiveram de reduzir suas despesas. E nessa nova morada eles se instalaram como puderam. No canto de ícones, cingidos pela hera, a sra. Iaskúlskaia guardava saquinhos com ervas e raízes com as quais curava o marido, as mulheres e os homens da aldeia. As ervas enchiam a casa inteira de uma fragrância específica, que na memória dos visitantes estava ligada a essa pequena casa, limpa e aconchegante, e a seus donos, que levavam uma vida tranquila, incomum para os nossos tempos agitados.

Com os velhos morava sua filha única, uma menina de olhos azuis e uma trança comprida de cabelo castanho-claro. Já à primeira vista ela impressionava a todos com a seriedade que era percebida em seu ser e que era estranha para uma criança. Parece que a tranquilidade do amor tardio dos pais se refletiu no caráter da filha. Ela se distinguia de outras crianças pela suavidade de seus movimentos, e a expressão de seus profundos olhos azuis era pensativa. Ela nunca estranhava pessoas desconhecidas, fazia amizade com crianças e participava de suas brincadeiras. Mas fazia tudo com ar condescendente, como se, para ela, pessoalmente, nada disso fosse necessário. Contentava-se com a própria companhia, passeando, conversando com a boneca, colhendo flores, tudo isso com um ar sério que, às vezes, a fazia parecida com uma pequena mulher, e não uma criança.

IV

Um dia, Pétrik estava sozinho na colina. O sol estava se pondo e no ar reinava o silêncio, de longe se podia ouvir o mugido do gado que voltava para a aldeia. O menino parou de tocar a flauta, deitou na grama, entregando-se à sonolência da tarde estival. Ele estava adormecendo quando, de repente, ouviu passos leves. Apoiou-se nos cotovelos e se pôs a escutar. Os passos pararam no pé da colina. A maneira de andar era estranha para ele.

– Ei, menino! – ouviu-se uma voz infantil. – Você sabe quem estava tocando agora?

Pétrik não gostava quando alguém interrompia sua solidão e respondeu num tom não muito gentil:

– Fui eu.

Em reposta ele ouviu uma leve exclamação de surpresa. E a mesma voz de menina acrescentou em tom aprovativo:

– Estava tão bonito!

Pétrik ficou calado.

– Por que você não vai embora? – perguntou ele, percebendo que a visita não convidada continuava no mesmo lugar.

– Por que me manda embora? – perguntou a menina em tom de sincera surpresa.

Essa voz infantil agradava ao ouvido do cego; no entanto, ele respondeu no mesmo tom:

– Eu não gosto quando alguém se aproxima de mim.

A menina riu.

– Ora essa!... Veja só! A terra é toda sua, por acaso, e você pode proibir as pessoas de andar por ela?

– Mamãe proibiu a todos que viessem aqui.

– Mamãe? – a menina reiterou a pergunta. – E a minha permitiu-me passear perto do rio.

O menino, acostumado à condescendência e a mimos, não aceitava bem objeções tão categóricas. Uma explosão de ira refletiu-se em seu rosto. Ele se levantou de uma vez e disse, exaltado:

– Vá embora, vá embora, vá embora!...

Não se sabe como essa cena iria terminar se nesse momento a voz de Iókhim não tivesse chamado o menino para o chá da tarde. Pétrik desceu a colina correndo.

– Mas que menino mau! – ouviu ele às costas o comentário indignado da menina.

V

No dia seguinte, sentado no mesmo lugar, ele se lembrou da rixa do dia anterior. Não sentia mais aborrecimento, pelo contrário, gostaria que a menina de voz tão agradável, que ele nunca tinha ouvido antes, voltasse. Os meninos que ele conhecia gritavam, riam, brigavam e choravam, ninguém falava de maneira tão agradável. Ele lamentou ter ofendido a desconhecida, pois era provável que jamais voltasse a encontrá-la.

Realmente, nos três dias seguintes a menina não apareceu. Mas, no quarto dia, Petrús ouviu seus passos na beira do rio. Ela caminhava devagar; o pedregulho sussurrava debaixo de seus pés. E ela cantarolava baixinho uma canção polonesa.

– Escute! – ele chamou quando a menina passou. – É você novamente?

A menina não respondeu. O pedregulho continuava sussurrando. Na indiferença dissimulada de sua voz que nem sequer parou de cantar, ele ouviu a ofensa não esquecida.

Alguns passos depois, porém, a menina parou. Passaram-se alguns segundos de silêncio. Ela mexia nas flores que segurava nas mãos e ele esperava a resposta. Nessa parada e no silêncio ele percebeu a demonstração proposital de desprezo.

– Não está vendo que sou eu? – perguntou ela.

Essa pergunta simples fez doer seu coração. Ele não disse nada em resposta, somente suas mãos apoiadas no chão agarraram convulsivamente a grama. Mas a conversa entabulou-se e a menina, no mesmo lugar, perguntou:

– Quem o ensinou a tocar flauta tão bem?

– Foi Iókhim – respondeu Petrús.

– Muito bem! E por que você é tão zangado?

– Eu não me zango com você – disse o menino em voz baixa.

– Então, eu também não me zango. Vamos brincar juntos?

– Eu não sei brincar com você – respondeu ele, abaixando a cabeça.

– Não sabe brincar?... Por quê?

– Por nada.

– Mas por quê?

– Por nada – respondeu ele quase num sussurro e abaixou mais ainda a cabeça.

Ele nunca havia conversado com ninguém sobre sua cegueira, e o tom ingênuo da menina, que insistia na resposta, causava-lhe uma dor aguda.

A menina subiu a colina.

– Você é engraçado – ela disse em tom condescendente, sentando-se ao lado dele. – Isso, talvez, porque você não me conhece. Se me conhecer melhor, não vai ter medo de mim. Quanto a mim, eu não tenho medo de ninguém.

Enquanto a menina falava, Pétrik ouviu que ela jogou as flores em seu avental.

– Onde colheu as flores? – perguntou ele.

– Lá – respondeu ela, acenando com a cabeça para trás.

– No campo?

– Não, lá.

– Quer dizer no bosque? E que flores são essas?

– Você não conhece as flores? Ah, como você é estranho, sim, você é muito estranho.

O menino pegou uma flor e seus dedos tocaram rápida e levemente as folhas e a corola.

– Isto é um ranúnculo – disse ele –, e isto, uma violeta. Depois Pétrik quis conhecer sua interlocutora usando a mesma técnica. Ele colocou a mão esquerda no ombro da menina e com a direita apalpou seu cabelo, depois as pálpebras, e rapidamente passou os dedos pelo rosto, detendo-os em alguns lugares, estudando os traços desconhecidos. Tudo isso aconteceu tão inesperada e rapidamente que a menina ficou pasma e não pôde pronunciar uma só palavra. Ela só olhava para ele assustada, quase apavorada.

Somente nesse momento ela notou que no rosto de seu novo conhecido havia algo incomum. Os traços finos tinham a expressão de uma atenção muito tensa que não combinava com seu olhar parado, mirando não se sabe onde e apartado daquilo que fazia. Neles refletia-se o brilho do pôr do sol. Tudo isso pareceu um pesadelo. Ela se afastou da mão do menino que tocava seu ombro, levantou-se num salto e começou a chorar.

– Por que você me assusta, menino maldoso? – disse ela com raiva, chorando. – O que foi que eu lhe fiz?... Por quê?...

Ele ficou sentado no mesmo lugar de cabeça abaixada, desconcertado, e um sentimento estranho de humilhação misturado com aborrecimento encheu seu coração de dor. Pela primeira vez ele teve de passar pela humilhação de ser um inválido; pela primeira vez ele soube que seu defeito físico podia não apenas despertar a condolência, mas assustar. É claro que ele não conseguia entender esse sentimento que o oprimia. E a falta de clareza, a incompreensão aumentavam seu desespero.

A dor da ofensa apertou sua garganta. Ele caiu na grama e se desfez em prantos. Os soluços sacudiam seu pequeno corpo, mas o orgulho inato obrigava-o a contê-los.

Ao ouvir esses soluços, a menina, que já descia a colina, voltou surpresa. Vendo que seu novo conhecido estava de bruços na terra e chorava amargamente, ela sentiu pena.

– Escute – disse ela –, por que você está chorando? Acha que eu vou me queixar a alguém? Não chore, não vou contar nada para ninguém.

As palavras de compaixão e o tom carinhoso causaram novo acesso de choro. A menina acocorou-se, passou a mão em seu cabelo, ergueu a cabeça do menino, enxugou as lágrimas com um lenço e, com a insistência suave de mãe que acalma o filho castigado, disse em tom de mulher adulta:

– Mas chega, chega, pare de chorar! Eu não estou mais zangada. Vejo que você lamenta ter me assustado.

– Eu não queria assustar você – respondeu ele, suspirando fundo para se acalmar.

– Está bem! Está bem! Não estou zangada! Sei que você não fará isso de novo.

Ela levantou devagarzinho o menino para ele ficar sentado a seu lado. Ele obedeceu. Agora, como antes, com o rosto voltado para o sol, iluminado por raios vermelhos do poente, suas feições pareceram estranhas novamente para ela. Os olhos do menino ainda estavam cheios de lágrimas, mas continuavam imóveis. Os espasmos nervosos ainda estremeciam seu rosto e percebia-se um sofrimento profundo, intruso, em um rosto infantil.

– E mesmo assim, você é muito estranho – disse ela, como que concluindo sua reflexão.

– Não sou estranho – respondeu o menino com ar lamentoso. – Não, não sou estranho. Eu, eu sou cego!

– Cego-o? – ela arrastou a dicção e sua voz tremeu, como se essa palavra triste pronunciada em voz baixa pelo menino fosse um golpe terrível em seu pequeno coração feminino. – Cego-o? – E, como se procurasse defesa da compaixão que a dominou, ela abraçou o menino e apertou seu rosto junto ao dele.

Estarrecida pela tão triste descoberta, a pequena mulher não conseguiu se manter na altura de sua seriedade e, transformando-se numa criança desamparada em sua desolação, caiu num choro amargo.

VI

Alguns minutos passaram em silêncio.

A menina parou de chorar e só de vez em quando soluçava. Ela olhava para o sol que descia devagar atrás da escura linha do horizonte. Depois a borda dourada da bola de fogo soltou umas faíscas, e os contornos escuros da longa floresta vieram à tona numa linha azulada ininterrupta.

Dava para sentir o frescor vindo do rio, e o silencioso mundo da tarde refletiu-se no rosto do menino cego; ele permanecia sentado cabisbaixo, surpreso com a demonstração ardorosa de compaixão.

– Eu sinto pena – pronunciou finalmente a menina, ainda soluçando, para justificar sua fraqueza.

Depois ela se controlou e tentou mudar o rumo da conversa para um assunto que fosse neutro a ambos.

– O sol já se pôs – pronunciou ela.

– Eu não sei como ele é – ela ouviu a resposta triste. – Só posso sentir.

– Não sabe como é o sol?

– Não.

– E sua mãe, você conhece?

– A mamãe, sim. Já de longe reconheço sua maneira de andar.

– Sim, é verdade. Eu também reconheço a minha mesmo sem enxergar.

A conversa ficou mais tranquila.

– Sabe – disse o cego já mais animado –, eu realmente sinto o sol e sei quando ele se põe.

– Como você sabe?

– Como? Não sei.

– A-ah – arrastou a menina, que, ao que tudo indicava, ficou satisfeita com a resposta, e ambos se calaram.

– Eu posso ler – tomou a iniciativa Petrús. – E logo vou aprender a escrever.

– Mas como é que você...? – ela começou, mas parou para não tocar no assunto delicado. Mas ele a entendeu.

– Eu leio meus livros com os dedos – explicou ele.

– Com os dedos? Eu jamais aprenderia a ler com os dedos. Mal leio com os olhos. Meu pai diz que as mulheres não entendem as ciências.

– Eu sei ler até em francês.

– Em francês!... Com os dedos!... Como você é inteligente! – admirou-se ela. – A neblina do rio já vem vindo e eu receio que você pegue um resfriado.

– Mas e você?

– Não tenho medo, nada vai me acontecer.

– Então eu também não. É possível que o homem adoeça antes da mulher? O tio Maksim diz que o homem não deve ter medo de nada: nem do frio, nem da fome, nem de tempestades.

– Maksim?... Aquele que anda de muletas?... Eu o vi. Ele é terrível!

– Não, ele é bondoso.

– Ele é terrível, sim! – repetiu ela com convicção. – Você não sabe porque não o vê.

– Eu o conheço, ele me ensinou tudo!

– Ele bate em você?

– Nunca bateu nem gritou comigo. Nunca.

– Isso é bom. É possível bater num menino cego? Seria um pecado.

– Mas ele não bate em ninguém – disse Petrús meio distraído, porque seu ouvido apurado percebeu os passos de Iókhim.

De fato, minutos depois a alentada figura do ucraniano surgiu na elevação que separava a fazenda do rio, e sua voz ecoou no silêncio da noite:

– Senhorzinho-o-o-o!

– Estão chamando você – disse a menina, levantando-se.

– Mas eu não quero ir.

– Vá, vá! Amanhã eu volto. Agora estão esperando por você e por mim também.

VII

No dia seguinte, a menina cumpriu sua promessa antes até do que Petrús esperava. Ele estava em seu quarto, na aula com o tio Maksim, quando de repente levantou a cabeça, pôs-se a escutar, e disse com voz animada:

– Deixe eu sair por um minuto. A menina veio.

– Que menina? – surpreendeu-se Maksim e seguiu Petrús.

Realmente, nesse mesmo minuto, a conhecida de Petrús estava entrando pelo portão e Anna Mikháilovna, ao ver quem passava pelo pátio, foi falar com ela.

– O que deseja, minha querida? – perguntou, supondo que a menina viesse com algum pedido.

A pequena mulher estendeu-lhe a mão como uma adulta e perguntou:

– A senhora é a mãe do menino cego?... Não é?

– Sim, querida, sou eu – respondeu a sra. Popélskaia, admirando os olhos azuis e a maneira livre do tratamento da menina.

– Acontece que minha mãe permitiu que eu o visitasse. Posso vê-lo?

Mas nesse minuto o próprio Petrús veio correndo até elas, e na sacada apareceu a figura de Maksim.

– É a menina de ontem, mamãe! Eu lhe contei – ele disse e cumprimentou a menina. – Só que agora eu tenho aula.

– Bem, desta vez o tio Maksim vai liberar você, vou lhe pedir isso – disse Anna Mikháilovna.

A pequena mulher, que parecia se sentir em casa, foi ao encontro do tio Maksim, que se aproximava com suas muletas, e, ao estender-lhe a mão, disse em tom de aprovação:

– É tão bom que o senhor não bata no menino cego! Ele me contou.

– Será verdade, senhora? – perguntou Maksim com ar irônico, apertando a mãozinha da menina com sua mão larga. – Sou muito grato a meu pupilo por ter disposto a meu favor uma pessoa tão encantadora.

E Maksim riu, acariciando a mão da menina que ele segurava. No entanto, a menina fitava-o com os olhos bem abertos que logo conquistaram o coração misógino do velho guerreiro.

– Veja, Annucia – dirigiu-se à irmã –, o nosso Piótr começa a criar novas amizades! E deve concordar, Ánia, que, apesar da cegueira, ele soube fazer uma escolha nada má, não é?

– O que você quer dizer com isso, Maks? – perguntou a irmã em tom severo, e um rubor ardente cobriu seu rosto.

– Estou brincando! – respondeu Maks, percebendo que seu chiste tocou num ponto sensível e revelou um segredo do coração de mãe precavida.

Anna Mikháilovna corou mais ainda, inclinou-se e, num ímpeto de ternura, abraçou a menina, que recebeu o carinho com o mesmo olhar claro, embora um tanto surpreso.

VIII

A partir desse dia, entre a casa do arrendatário e a da fazenda dos Popélski começou a amizade. A menina, chamada Evelina, ia à fazenda todos os dias e, passado algum tempo, tornou-se aluna de Maksim. De início, esse plano de aulas para os dois juntos não agradou ao sr. Iaskúlski. Em primeiro lugar, ele achava que já era mais que suficiente se a mulher sabia fazer lista de roupas e preencher o diário de despesas; em segundo, ele era um bom católico e considerava que Maksim não deveria ter lutado contra os austríacos, que isso não seguia a vontade bem expressa do papa de Roma. E, por fim, ele tinha convicção de que Deus existia e que Voltaire e seus adeptos estariam queimando nos caldeirões do inferno, que, segundo a opinião de muitas pessoas, também eram o destino do sr. Maksim. Porém, ao conhecer melhor seu vizinho, ele teve de reconhecer que o herético briguento era uma pessoa de bom caráter e de grande inteligência e acabou concordando. Mas, no fundo da alma, o velho nobre polonês tinha certo receio e, ao trazer a menina para a primeira aula, dirigiu-se à filha com um discurso solene e pomposo, destinado mais para os ouvidos de Maksim.

– É o seguinte, Vélia – começou ele, ao colocar a mão no ombro da filha, mas olhando para seu futuro professor. – Lembre-se sempre de que no céu existe Deus e em Roma, o papa, seu santo. Isso digo eu, Valentim Iaskúlski, e você deve acreditar em mim porque sou seu pai. Isso é *primo*[13].

Essa frase foi seguida de um longo e significativo olhar em direção a Maksim; o sr. Iaskúlski usava latim, dando a entender que não era alheio às ciências e não seria fácil enganá-lo.

– *Secundo*: sou um polonês nobre, e não é à toa que em nosso brasão familiar, junto ao corvo e ao monte de feno, está representada a cruz no campo azul. Os Iaskúlski, sendo bons cavalheiros, várias vezes substituíam as espadas por livros de orações e sempre foram entendidos nos assuntos dos céus. Por isso, você deve acreditar em seu pai. Quanto ao *orbis terrarum*[14], isto é, tudo que é terrestre, escute o que diz o sr. Maksim Iatzénko e estude bem.

– Não se preocupe, sr. Valentim – respondeu Maksim, sorrindo –, nós não recrutamos senhorinhas para os destacamentos de Garibaldi.

IX

Os estudos foram muito úteis para ambos. Petrús estava mais avançado, evidentemente, mas isso não excluía certa competição. Além do mais, ele ajudava a menina a memorizar as lições e ela encontrava maneiras mais fáceis de explicar-lhe algo que seria incompreensível para uma pessoa cega. E sua companhia dava um agradável tom de entusiasmo a seu trabalho mental.

Essa amizade foi uma verdadeira dádiva do destino. O menino já não procurava a solidão. Ele achara a companhia que o amor dos adultos não poderia lhe dar, e a presença

---

13 Em latim, primeiro lugar. [N.A.]
14 Em latim, globo terrestre. [N.A.]

da menina nas horas vagas era agradável. Eles passeavam juntos na beira do rio ou na colina. Quando ele tocava a flauta, ela o ouvia com admiração. E, quando ele parava e colocava a flauta de lado, ela contava-lhe suas impressões sobre a natureza que os cercava. É claro que não sabia expressá-las em toda a sua plenitude e com as palavras certas, mas nesses relatos simples ele captava certo colorido característico dos fenômenos que ela descrevia. Assim, quando ela falava sobre a escuridão da noite, sobre a terra úmida, ele ouvia a escuridão através da tonalidade de sua voz. Se ela dizia: "Oh, que nuvem escura vem vindo, quase preta!" – ele logo sentia um sopro frio e ouvia em sua voz o rumor de um monstro que se arrastava pelo céu.

Capítulo quarto

I

Há naturezas predestinadas à abnegação silenciosa de quem ama uma pessoa em desgraça, um amor ligado à tristeza e aos cuidados constantes. Para elas, a desgraça de outra pessoa determina o modo de sua vida, a necessidade orgânica. A natureza dota-as de uma tranquilidade sem a qual a façanha cotidiana da vida é impensável, que ameniza precavidamente os ímpetos e interesses pessoais, subordinando-os ao traço predominante do caráter. As naturezas desse tipo parecem, às vezes, frias demais, sensatas demais. Elas são surdas às chamadas da vida pecadora e seguem seu triste caminho do dever com a mesma tranquilidade que o caminho mais luminoso da felicidade pessoal. Elas parecem frias e majestosas como cumes de montanhas cobertos de neve. A vulgaridade não gruda nem na sola de seus pés, e calúnias e fofocas rolam de suas roupas brancas como respingos de água suja das asas de cisnes.

A amiguinha de Piótr tinha todos os traços das pessoas desse tipo, que raramente são formadas por meio da educação ou da experiência de vida; assim como o talento, como a genialidade, isso é como um dom dado aos eleitos e revela-se cedo. A mãe do menino compreendia a sorte que representava, para seu filho, essa amizade infantil. O tio Maksim também entendia. Parecia-lhe que o sobrinho já obtivera tudo que lhe faltava e, agora, o amadurecimento psíquico de seu pupilo iria evoluir e ele seguiria um rumo tranquilo sem nenhuma perturbação.

Mas isso foi um amargo engano.

II

Nos primeiros anos da vida do sobrinho, Maksim achava que estava acompanhando e influenciando o desenvolvimento dele e nem mesmo as influências externas escapariam de sua observação e de seu controle. Porém, quando chegou a adolescência, Maksim viu que as ideias e sonhos pedagógicos dos quais se orgulhava deixaram de encontrar respaldo. Quase toda semana surgia algo novo, algo totalmente inesperado, e, quando procurava encontrar as fontes de alguma nova ideia que surgia na cabeça do menino, Maksim sentia-se perdido. Uma força estranha trabalhava no fundo do coração infantil, manifestando suas tentativas independentes de crescimento espiritual, e Maksim parava com admiração perante esses processos misteriosos da vida que se intrometiam em seu trabalho pedagógico. Esses impulsos da natureza e suas revelações davam à criança noções que não poderiam ser adquiridas pela experiência de um cego, e Maksim identificava nisso a ligação indissolúvel entre os fenômenos da vida que perpassam mil processos por meio de uma série consecutiva de existências individuais.

De início, essa observação assustou o tio. Vendo que ele não era o único a moldar a mentalidade do menino, que demais influências aconteciam independentemente de seu controle, ele temeu pelo destino de seu pupilo, assustou-se com a possibilidade de surgirem necessidades que poderiam causar grandes sofrimentos para o cego.

E ele tentou descobrir essas fontes e secá-las para sempre em prol do sobrinho.

Essas manifestações inesperadas não escaparam à atenção da mãe. Uma manhã, Pétrik entrou correndo no quarto dela em estado de grande emoção:

– Mamãe, mamãe! – gritou ele. – Eu tive um sonho!

– E com que você sonhou, querido? – perguntou ela com uma triste tonalidade de dúvida na voz.

– Sonhei que eu podia ver você, Maksim e tudo o mais. Foi tão bom, tão bom, mamãe!

– E o que mais você viu, meu lindo?

– Eu não me lembro.

– Mas lembra-se de mim?

– Não – disse o menino. – Esqueci tudo. E mesmo assim, eu vi, é verdade, eu vi – acrescentou ele depois de um minuto de silêncio, e seu rosto ficou sombrio. Nos olhos cegos brilhou a lágrima.

Isso se repetiu várias vezes e, a cada vez, o menino tornava-se mais triste.

III

Um dia, passando pelo pátio, Maksim ouviu sons de exercícios musicais estranhos que vinham da sala onde ocorriam as aulas de música. Os exercícios eram compostos por duas notas. De início, soava a nota mais alta do registro superior rápida e repetida e, abruptamente, trocava-se pela nota mais grave. Intrigado, Maksim dirigiu-se à casa e, ao abrir a porta da sala, ficou pasmo diante de uma cena inédita.

O menino, que já tinha completado 9 anos, estava sentado numa cadeirinha baixa perto da mãe e, a seu lado, esticando o pescoço e passando o bico pelo teclado, estava a jovem cegonha que Iókhim lhe dera de presente. Toda manhã, a cegonha comia das mãos do menino e acompanhava por toda parte seu novo dono e amigo. Naquele momento, Petrús segurava a cegonha com uma mão e passava a outra pelo pescoço e pelo corpo da ave com o rosto tenso de atenção. Nesse tempo, a mãe batia rapidamente na tecla do som agudo. Inclinando-se, ela observava o menino. Quando a mão dele, deslizando pela penugem branca, chegava a penas pretas na ponta das asas, Anna Mikháilovna passava a mão para outra tecla e soava a nota mais grave. A mãe e o filho estavam tão absortos nesse exercício que nem perceberam a chegada de Maksim, até que ele interrompeu a sessão:

– Annucia! O que significa isso?

A jovem mulher sentiu-se envergonhada sob o olhar perscrutador do irmão, como uma aluna pega em flagrante por um professor severo.

– Veja – começou ela timidamente –, ele diz que sente certa diferença nas cores da penugem, mas não consegue entender em que ela consiste. Ele mesmo falou isso e é verdade.

– Bom, e daí?

– Nada, eu só queria explicar-lhe essa diferença comparando-a com a diferença entre os sons. Não fique bravo, Maks, mas creio que isso tem semelhança.

Essa ideia inesperada surpreendeu tanto Maksim que nos primeiros instantes ele não sabia o que dizer à irmã.

Pediu que ela repetisse sua experiência e, ao ver a tensão no rosto do menino, balançou a cabeça.

– Escute, Anna – disse ele ao ficar a sós com a irmã –, não convém despertar no menino perguntas às quais nós jamais saberemos dar a resposta completa.

– Mas ele mesmo tocou nesse assunto, verdade – interrompeu-o Anna Mikháilovna.

– Mesmo assim. Ao menino só resta se conformar com sua cegueira, e nós devemos fazer de tudo para que ele se esqueça da luz. Eu procuro afastar dele todos os fatores externos que possam lhe sugerir essas perguntas sem respostas e, se conseguirmos eliminar todos esses fatores, o menino não perceberá a falta em seus sentidos. Assim como nós, que temos todos os cinco sentidos, não lamentamos não ter o sexto.

– Lamentamos – objetou ela baixinho.

– Ánia!

– Nós lamentamos – repetiu ela com firmeza –, já que sonhamos sempre com o impossível.

A irmã acabou concordando com os argumentos de Maksim, mas dessa vez ele não tinha razão. Procurando eliminar os fatores externos, ele se esquecia dos poderosos impulsos dados ao menino pela própria natureza.

IV

Alguém disse: "Os olhos são o espelho da alma". Talvez fosse mais correto compará-los com as janelas pelas quais entra em nossa alma o resplendor do mundo colorido. Quem sabe qual parte de nossa formação espiritual depende da luz?

O ser humano é um elo numa infinita cadeia de vidas que vêm das profundidades do passado e vão para o interminável futuro. Eis que num desses elos, no menino cego, uma casualidade fatal fechou essas janelas. Sua vida deveria ser vivida na escuridão.

Mas isso significa que em sua alma foram rompidas para sempre as cordas com as quais ele reage às sensações de luz? Não, sua receptividade à luz deveria continuar e passar para outras gerações através dessa existência na escuridão. Sua alma era uma alma íntegra de ser humano com todas as suas capacidades e aspirações. E, como toda aspiração requer satisfação, dentro da alma do menino vivia a insaciável aspiração à luz.

Em alguma profundidade misteriosa, as forças adormecidas jaziam numa existência vaga de "possibilidades" herdadas, prestes a se levantar a seu encontro com o primeiro raio de luz. Mas as janelas permanecem fechadas e o destino determinou: o menino jamais verá a luz e toda a sua vida será vivida na escuridão!

E essa escuridão era cheia de fantasmas.

Se o menino tivesse uma vida de privações, talvez seu pensamento dirigir-se-ia a causas externas de seus sofrimentos. Mas seus familiares o protegiam de tudo que pudesse amargurá-lo. No ambiente de tranquilidade e paz criado em volta dele, o silêncio que reinava em sua alma fazia a insatisfação interna falar mais alto. No silêncio e na escuridão que o cercavam, crescia a consciência da necessidade de procurar satisfação, necessidade de dar forma às forças que dormitavam no fundo de sua alma sem encontrar saída para realização. Isso gerava pressentimentos vagos, desejos como o de voar, que todos nós tivemos na infância e que se realizavam em sonhos maravilhosos.

Gerava também os esforços instintivos da mente infantil que transpareciam no rosto através da expressão de dor e de indagação. Essas "possibilidades" hereditárias de noções de luz não reveladas em sua vida surgiam em sua cabecinha como escuros fantasmas disformes e torturavam o menino.

Inconscientemente, a natureza levantava-se em protesto contra a infração da lei comum em "caso" individual.

V

Por mais que Maksim procurasse proteger o menino dos fatores externos, não poderia eliminar a pressão das demandas internas não satisfeitas. O máximo que ele podia fazer era não deixar que o menino fosse acordado antes da hora. No restante, o penoso destino do cego ia correr como era para ser, com todas as severas consequências.

E ele já via a si mesmo como uma nuvem preta no horizonte. Ao passar dos anos, a vivacidade inata do menino diminuía como maré baixa, enquanto sua tristeza crescia e seu temperamento mudava.

O riso que se ouvia a cada nova descoberta soava cada vez mais raro. As alegrias e graças eram inacessíveis a ele, e a melancolia e a tristeza que tanto se ouvem na natureza e nas canções populares, essas ele sentia com todo seu ser. Com lágrimas nos olhos ele ouvia a canção *O túmulo no campo falava com o vento* e gostava de ir ao campo para ouvir essa conversa. Ele preferia ficar só, cada vez mais. O pessoal de casa procurava não perturbar sua solidão, e quando, depois das aulas, ele fazia seus passeios, ninguém ia para seus lugares prediletos. Na estepe, sentado ora num outeiro, ora na colina perto do rio ou no penhasco conhecido desde a infância, ele escutava apenas o ramalhar das árvores, o sussurro das ervas ou os suspiros do vento de estepe.

Tudo isso harmonizava com seu estado de espírito. Ele entendia a natureza na medida plena de suas capacidades.

Ela não o perturbava com questões insolúveis; o vento entrava fluindo diretamente em seu peito, a vegetação sussurrava-lhe palavras de condolência. E o coração do jovem amolecia, acariciado pela natureza. Ele sentia que algo crescia em seu peito e apoderava-se de seu ser. Então, ele se colava no solo úmido e chorava silenciosamente. Mas não havia amargor em suas lágrimas. Quando ele levava consigo sua flauta, compunha melodias que harmonizavam com seu estado de espírito e com o silêncio da estepe.

É claro que qualquer som humano que irrompia nesse seu estado causava nele uma dissonância brusca e dolorosa. Em tais momentos, a comunicação somente era possível com uma pessoa amiga muito próxima, e o único amigo que o menino tinha era a menina loira da propriedade vizinha.

Essa amizade tornava-se cada vez mais forte.

Evelina dava a esse relacionamento um caráter tranquilo e alegre, contava ao cego as mudanças na vida externa, e ele, por sua vez, compartilhava sua infelicidade com ela. O primeiro encontro com o menino feriu à faca o sensível coração da menina. Mas, se tirassem a faca da ferida, o coração se esvairia em sangue. Ao conhecer o menino cego na colina, a pequena mulher sentiu uma compaixão profunda e agora a presença do amigo tornava-se indispensável para ela. Longe dele, a ferida abria-se e doía, e ela corria para ajudá-lo e para amenizar a própria dor.

VI

Numa noite quente de outono, as duas famílias estavam sentadas no pátio, admirando o lindo céu azul cheio de estrelas brilhantes. O menino, como sempre, estava sentado ao lado da mãe, junto com Evelina.

A noite era silenciosa. Somente a folhagem de vez em quando balbuciava algo incompreensível.

De repente, uma estrela brilhante desprendeu-se do fundo azul e passou pelo céu deixando um rastro brilhoso que se apagou lenta e imperceptivelmente. A mãe sentiu que Pétrik estremeceu.

– O que foi isso? – perguntou o menino, virando o rosto para a mãe.

– Foi uma estrela cadente, filhinho.

– Sim, a estrela – disse ele. – Eu sabia.

– Como pode saber, filho? – perguntou a mãe com uma triste entonação de dúvida.

– Ele diz a verdade – interferiu Evelina –, Pétrik sabe de muitas coisas "assim".

Essa sensibilidade que estava se aguçando indicava que o menino estava entrando numa idade ingrata entre a infância e a juventude. Mas, por enquanto, seu amadurecimento era tranquilo. Parecia até que ele estava conformado com seu destino. A tristeza tornou-se mais equilibrada, sem acessos agudos. Mas isso era uma calmaria temporária. A natureza nos dá tréguas, como que de propósito, para que o organismo jovem se fortaleça, preparando-se para uma nova tempestade. Durante essas tréguas acumulam-se e amadurecem novas dúvidas e perguntas. Basta um impulso e a tranquilidade desaparece, assim como o mar calmo agita-se até o fundo por um repentino furacão de vento.

Capítulo quinto

I

Passaram-se mais alguns anos.

Nada mudou na tranquila fazenda. Como antes, as faias no jardim ramalhavam e somente a folhagem havia escurecido e se tornado mais espessa; como antes, as paredes eram brancas, apenas os tetos de palha pareciam ter cedido um pouco. Até a flauta de Iókhim, que permanecia solteiro, tocava na cocheira na mesma hora de sempre; só que agora Iókhim preferia ouvir o menino tocar a flauta ou o piano.

Maksim ficou mais grisalho. O casal Popélski não teve mais filhos e o primogênito continuava sendo o centro das atenções e de toda a vida da fazenda. Para ele, a fazenda era um círculo fechado no qual transcorria sua vida tranquila e no qual adjazia a não menos tranquila propriedade do arrendatário. Dessa maneira, Piótr, que já era um jovem, cresceu como uma flor de estufa, protegido das influências do mundo de fora.

Como antes, ele estava no centro de seu enorme mundo escuro. Sobre ele e em volta dele estendia-se a escuridão sem fim, sem limites: uma organização fina e sensível como uma corda tensa levantava-se ao encontro de qualquer impressão, prestes a tremer com os sons de resposta. Essa expectativa notava-se no estado do cego; parecia-lhe que a qualquer momento essa escuridão ia estender seus braços invisíveis a ele e algo que havia tanto tempo dormia dentro de si e esperava para despertar o tocaria. Mas sua boa conhecida, a tediosa escuridão da fazenda, só o embalava carinhosamente cantarolando-lhe esse pensamento tranquilizador. Ele conhecia o mundo de fora somente pelas canções, pela história e pela literatura. Nos dias calmos, pelo sussurro do jardim, ele ficava sabendo sobre as tempestades e agitações do mundo longínquo. E tudo isso se desenhava a ele através de uma névoa mágica como uma canção épica ou como um conto de fadas.

Parecia que tudo ia bem. A mãe via que o filho, cercado pelo muro, estava numa sonolência como que enfeitiçado, uma sonolência artificial, mas tranquila. E não queria alterar esse equilíbrio e temia por isso.

Evelina cresceu e formou-se quase que despercebida. Com seus olhos claros, ela observava essa calma, esse feitiço, e, em seus olhos, notava-se a expressão de perplexidade e de indagação. Indagação sobre o futuro. Mas nem sombra de reprovação. O sr. Popélski mantinha a fazenda em perfeita ordem, mas esse bom homem nem questionava o futuro de seu filho. Ele estava acostumado a que tudo se resolvesse por conta. Somente Maksim, por sua natureza, não suportava essa calma e, mesmo assim, via isso como algo temporário, passageiro. Ele considerava que o jovem precisava amadurecer e criar forças para enfrentar a vida.

Entretanto, fora desse círculo enfeitiçado, a vida se agitava e fervia. Eis que finalmente chegou o momento, quando o velho tutor se decidiu a romper esse círculo e abrir a porta da estufa para que nela entrasse o ar fresco.

II

Antes de tudo, ele convidou um velho amigo que morava a 70 quilômetros da fazenda dos Popélski. Maksim o visitava de vez em quando e sabia que, naquela época, na casa de Stavrútchenko, estariam seus filhos e seus amigos e escreveu-lhe uma carta convidando a turma toda. O convite foi aceito de bom grado. Os velhos eram amigos de longa data e os jovens lembravam-se do nome do outrora famoso Maksim Iatzenko e das histórias ligadas a ele. Um dos filhos de Stavrútchenko estudava filologia, em moda na época, na Universidade de Kiev. O outro filho estudava música no Conservatório de Petersburgo. Com eles veio um jovem cadete[15] – filho de um dos senhores de terra vizinhos.

Stavrútchenko era um velho cossaco forte, de cabelo grisalho, e, como todo cossaco que se preza, tinha bigodes compridos e usava calças largas enfiadas nas botas. Andava sempre com o cachimbo e a bolsa de fumo amarrados no cinto e falava exclusivamente em ucraniano. Ao lado de seus dois filhos, com longas camisas brancas bordadas, lembrava Taras Bulba[16]. Porém, não havia nele nem sinal do romantismo do herói gogoliano. Ao contrário, ele era um excelente fazendeiro prático, já estivera em bons termos com seus servos e, naquela época, quando a servidão foi abolida, adaptou-se facilmente às novas condições.

---

15 Aluno da escola militar na Rússia tsarista. [N.A.]
16 Protagonista da obra homônima de Nikolai Gógol (1809-1852). [N.E.]

Ele conhecia bem seu povo e conhecia pelo nome todos os mujiques de sua aldeia, todas as suas vacas e quase cada *karbovanets*[17] que sobrava no bolso do mujique. Não praticava pugilato com os filhos, como Bulba, mas em compensação as constantes discussões entre ele e os filhos costumavam pegar fogo e eles não se importavam com o momento ou o lugar. Esses debates entre o velho e os jovens surgiam em qualquer parte, seja em sua própria casa ou na casa de outros, e por qualquer motivo, mesmo o mais insignificante.

Eles começavam quando o velho, com sorriso irônico, chamava os filhos de "senhores ideais"[18]. Os filhos se irritavam, o pai também, e armava-se um berreiro incrível, no qual ambas as partes apanhavam bastante. Isso era reflexo da conhecida discórdia entre "pais e filhos"[19]. Mas, aqui, esse fenômeno manifestava-se de forma mais suave. A nova geração, desde a infância, estudava nas escolas urbanas e voltava para as aldeias apenas durante as férias, por isso não conhecia o povo tanto quanto seus pais terra-tenentes. Quando surgiu o movimento dos *naródnik*[20], os jovens já estavam nos últimos anos do colégio e se dedicaram ao estudo de seu povo, de início, pelos livros. O segundo passo foi o estudo da manifestação do "espírito do povo" em sua arte. O "movimento populista" teve grande repercussão no sudoeste da Ucrânia. Os filhos de fazendeiros, de camisas brancas bordadas, iam às aldeias para

---

17 Moeda ucraniana, equivalente a um rublo de prata. [N.E.]

18 Filhos de fidalgos que idealizam a realidade e não têm experiência de vida. [N.A.]

19 Expressão entre aspas no original, reforçando a alusão que o autor faz, aqui, ao texto de Ivan Turguêniev (1818-1883), *Pais e filhos*. [N.E.]

20 O movimento populista da pequena burguesia e dos intelectuais, que surgiu nos anos 60 e 70 do século XIX na Rússia tsarista. A juventude revolucionária ia "ao povo" para sublevá-lo contra o monarquismo. [N.A.]

conhecer e estudar o povo. Não se dava muita atenção aos estudos de condições econômicas. Os jovens anotavam letras de canções populares, lendas, verificavam os fatos históricos e sua interpretação na memória do povo e, em geral, viam o mujique através de um prisma romântico. Talvez os velhos não recusassem isso, mas nunca achavam linguagem comum com os jovens para que chegassem a um acordo.

– Escuta só o que ele fala – dizia Stavrútchenko a Maksim, cutucando-o, quando o estudante, com o rosto ardendo e os olhos faiscando, pronunciava seu discurso. – Eta, filho do cão, como fala!... Parece que realmente é uma grande cabeça! Mas conte-nos, seu cientista, como meu Netchípor lhe deu um calote? Hein?

O velho mexia os bigodes e ria, contando o caso com humor ucraniano. Os jovens coravam, mas não ficavam atrás. Eles podiam não conhecer Netchípor ou Fiédka da tal aldeia, mas em compensação estudam o povo em todos os aspectos e de ponto de vista mais alto, que permite fazer conclusões e generalizações. Com um olhar eles abarcam as perspectivas, enquanto os velhos, atolados na rotina, não enxergam um palmo adiante do nariz.

O velho Stavrútchenko até gostava de ouvir os discursos complicados dos filhos.

– Dá para ver que não foi em vão que eles estudaram na escola – ele costumava dizer, olhando com satisfação para os ouvintes. – E, mesmo assim, vou lhes dizer que meu Khviedko consegue levar vocês dois no bico como bezerrinhos. Ah, se consegue! – E acrescentava: – Quanto a mim, também sou capaz de dobrar esses malandros em quatro e enfiar em meu bolso. Vocês não passam de filhotes diante de um cão velho como eu.

III

Um dia, quando uma dessas discussões se acalmou, a geração adulta retirou-se para dentro de casa e foi possível ouvir, através das janelas abertas, Stavrútchenko contar episódios cômicos de sua vida acompanhados de risos dos ouvintes. Os jovens permaneciam no jardim. Um dos estudantes deitou na grama numa pose descontraída, seu irmão mais velho estava sentado num banco ao lado de Evelina e do cadete de uniforme abotoado a rigor. E o cego, cabisbaixo, sentado na janela, um tanto afastado de todos, estava pensando no assunto da discussão que tanto o comoveu.

– O que a senhorita pensa de tudo que se falou aqui? – dirigiu-se a Evelina o jovem Stavrútchenko. – Não pronunciou uma única palavra.

– Foi muito bom tudo que vocês falaram para seu pai, mas...

– Mas o quê?

A jovem não respondeu. Ela colocou seu bordado no colo, alisou-o e começou a examiná-lo com ar pensativo. Era difícil de entender se ela pensava na resposta ou refletia sobre o tipo de talagarça que deveria ter escolhido para esse bordado.

Os jovens aguardavam sua resposta com impaciência. O estudante levantou-se, apoiando o peso no cotovelo, e com curiosidade olhava para a moça. Seu vizinho também não tirava dela o olhar escrutinador. O cego mudou sua pose descontraída, levantou a cabeça e virou o rosto na direção oposta aos interlocutores.

– Mas – disse Evelina baixinho – todo homem, senhores, tem seu próprio caminho na vida.

– Ó Deus! – exclamou o estudante. – Que prudência! Quantos anos a senhorita tem?

– Dezessete – respondeu Evelina, acrescentando com curiosidade ingênua e triunfante: – Você pensou que eu fosse bem mais velha, não é?

Os jovens riram.

– Se me perguntassem que idade você tem, eu vacilaria entre 13 e 23 – disse seu vizinho. – É verdade. Às vezes você parece uma criança, mas raciocina como uma velha de muita experiência.

– Em questões sérias, Gavrilo Petróvitch, é preciso raciocinar com seriedade – respondeu a pequena mulher em tom doutoral e ocupou-se com seu bordado.

Todos ficaram calados. A agulha de Evelina movimentava-se ritmicamente no bordado e os jovens olhavam com curiosidade para a pequena e prudente figura.

IV

É claro que Evelina cresceu e se desenvolveu muito desde o primeiro encontro com Piótr, mas o comentário do estudante a respeito da idade que ela aparentava ter não era sem razão. À primeira vista, essa pequena e magrinha criatura parecia uma menina, mas em seus movimentos tranquilos e comedidos sentia-se uma mulher madura. Seu rosto também dava essa impressão. Esse tipo de rosto é característico das eslavas. Os traços bonitos têm linhas suaves e frias; os olhos azuis são tranquilos, o rubor raramente aparece em suas faces pálidas. Mas essa palidez não é daquelas que podem se inflamar a qualquer momento com o fogo de uma paixão abrasadora, é uma palidez de neve branca. O cabelo loiro preso em uma trança caía nas costas e seu peso parecia puxar a cabeça para trás.

O cego também cresceu e tornou-se homem. Qualquer um que olhasse para ele naquele momento o veria sentado a certa distância do grupo, pálido, emocionado e bonito, e logo repararia nesse rosto incomum, no qual se refletiam todos os seus sentimentos. O cabelo preto descia em sua fronte saliente que já tinha algumas rugas prematuras. As faces ora ruborizavam, ora empalideciam repentinamente. Às vezes, o lábio inferior tremia, as sobrancelhas se arqueavam e se mexiam, como que demonstrando inquietude, e os bonitos olhos, imóveis no rosto tenso, davam-lhe uma expressão incomum.

– Então – voltou a falar o estudante em tom de zombaria –, a srta. Evelina acha que tudo o que nós falamos é inacessível para a mente feminina e que o destino da mulher se resume à cozinha e aos filhos.

Na voz do jovem sentiam-se ironia e autossatisfação (naquele tempo essas palavras entravam em moda). As faces da moça coraram.

– Está se apressando demais a tirar suas conclusões – disse ela. – Eu entendi tudo que vocês falaram, o que significa que isso é acessível à mente feminina. Minha resposta referia-se exclusivamente a mim.

Evelina inclinou a cabeça sobre seu bordado com ar tão sério que o jovem não teve coragem de continuar com as perguntas.

– Estranho – balbuciou ele. – Pode-se pensar que você já programou toda a sua vida até o túmulo.

– O que há de estranho nisso, Gavrilo Petróvitch? – objetou a moça em tom tranquilo. – Creio que até Iliá Ivánovitch (o nome do cadete) já traçou seu caminho, e ele é mais jovem que eu.

– É verdade – disse o cadete, contente com esse comentário. – Há poucos dias, li a biografia do general N. N. Ele também seguiu o plano de sua vida: com 20 anos de idade casou-se e com 35 já comandava a unidade militar.

O estudante soltou um riso malicioso e a moça corou.

– Está vendo – disse ela com frieza e rispidez –, cada pessoa escolhe o próprio caminho.

Ninguém mais objetou. Um silêncio instalou-se entre os jovens, no qual se notava constrangimento: todos entenderam que a conversa entrara em uma área delicada e tocou nas finas e tensas cordas pessoais.

Ouvia-se apenas o farfalhar do velho jardim que parecia estar descontente com alguma coisa.

V

Todas essas conversas e discussões veementes, essa enxurrada de aspirações e opiniões, foram algo novo e inesperado para o cego. Ele as ouvia com admiração, mas logo percebeu que essa onda viva passava por ele, mas nada tinha a ver com ele. Ninguém se dirigiu a ele com perguntas, ninguém quis saber sua opinião. Ele estava à parte, num triste isolamento, tanto mais triste quanto mais ruidosa se tornou a vida da fazenda.

No entanto, ele continuava prestando atenção a tudo que era novo, e seu cenho carregado e sua palidez demonstravam isso. Mas atrás dessa atenção o cérebro gerava pensamentos amargos.

Com tristeza, a mãe olhava para o filho. Os olhos de Evelina expressavam compaixão e inquietude. Somente Maksim parecia não perceber o efeito das discussões barulhentas no sobrinho e convidou os rapazes a voltar mais vezes à fazenda e prometeu-lhes arranjar um rico material etnográfico para a próxima visita.

As visitas prometeram voltar e partiram. Na despedida, os jovens apertavam a mão de Piótr, ele lhes respondia impetuosamente e durante um bom tempo ficou ouvindo o ruído das rodas da caleche.

Depois se virou rapidamente e foi para o jardim. Com a partida o silêncio voltou à fazenda, mas ao cego esse silêncio pareceu estranho, incomum. Como se nele soasse a lembrança de algo muito importante que tinha acontecido no lugar. Nas alamedas silenciosas, o farfalho das faias parecia soar como ecos das recentes conversas. Pela janela aberta ele ouviu a mãe e Evelina discutirem com Maksim. Na voz da mãe ele ouviu súplica e dor, na voz de Evelina ele sentiu tom de indignação, e Maksim parecia rechaçar os ataques das mulheres com veemência e firmeza. Quando Piótr se aproximou, a conversa parou.

Maksim, consciente e com a mão firme, abriu a primeira brecha no muro que cercava o mundo do cego. A primeira onda logo entrou nessa brecha e o equilíbrio espiritual do jovem tremeu.

Agora ele já se sentia apertado nesse círculo enfeitiçado. O silêncio da fazenda, os preguiçosos sons do jardim e a monotonia da própria existência sonolenta o oprimiam. A escuridão começou a falar com ele em novas imagens, ela o chamava com uma voz sedutora e despertava novos desejos que dormitavam nele e se manifestavam por meio da palidez no rosto e de uma ansiedade indefinida. Esses sinais alarmantes não escaparam das mulheres. Nós que não somos cegos vemos os reflexos dos sentimentos nos rostos alheios, por isso aprendemos a esconder os nossos. Mas os cegos não têm essa vantagem e são completamente indefesos.

Por isso no rosto de Piótr podia-se ler tudo como num diário íntimo deixado aberto na mesa. As mulheres viam que Maksim também notara as mudanças no jovem, mas isso fazia parte dos planos dele. Ambas viam isso como uma crueldade e a mãe estava prestes a defender o filho com as próprias mãos. "Estufa? – e por que não, já que seu filho se sentia bem nela? Que continue assim e que seja assim para sempre. Calmo, sem perturbações." Evelina não demonstrava tudo que sentia, mas seu relacionamento com Maksim mudou, ela objetava certas propostas de Maksim, às vezes até insignificantes, e fazia isso com rispidez. Às vezes, o olhar escrutinador do velho encontrava o olhar irado e flamejante da moça. Ele balançava a cabeça, balbuciava algo e se cercava com a cortina de fumaça mais densa, o que era sinal de um intensivo trabalho mental. E continuava firme em seus intentos e, às vezes, sem se dirigir a ninguém, soltava umas sentenças cáusticas sobre o imprudente amor feminino e a mente curta, mais curta que o cabelo, como sabe, e é por isso que a mulher não enxerga nada além da felicidade ou do sofrimento momentâneos. Ele sonhava para Piótr não tranquilidade, mas plenitude da vida. Dizem que todo educador quer criar o pupilo à sua semelhança. Maksim sonhava com aquilo que ele mesmo viveu e do que foi privado tão cedo: das reviravoltas e lutas. De que maneira, ele mesmo não sabia, mas procurava ampliar o círculo de impressões do mundo externo, acessíveis para o cego, mesmo correndo o risco de causar comoções e perturbações psíquicas. Ele sentia que as mulheres pensavam exatamente o contrário.

– Você é uma galinha choca! – dizia ele à irmã, batendo com as muletas no chão. Mas era raro que ficasse bravo. Na maioria das vezes ele se opunha aos argumentos de maneira suave e condescendente, tanto mais que nas discussões a sós ela sempre concordava com o irmão. Aliás, isso não o impedia de voltar ao assunto. Mas na presença de Evelina as discussões tornavam-se mais sérias. Nesses casos, o velho preferia guardar silêncio. Parecia que eles estavam se preparando para uma luta, e cada um apenas estudava o adversário escondendo o próprio jogo.

VI

Duas semanas depois, quando aqueles rapazes voltaram com o pai, Evelina recebeu-os com reserva e até frieza. Porém, foi difícil para ela resistir a participar das animadas conversas dos jovens.

De dia, eles iam para a aldeia e para o campo atrás das canções das ceifeiras, e de noite reuniam-se no jardim, perto da casa da fazenda. Numa dessas noites, a conversa outra vez passou para um assunto delicado. Como isso aconteceu e quem foi o primeiro a tocar nesse assunto nem Evelina nem ninguém reparou. Aconteceu de forma tão discreta, assim como discretamente se apagam os últimos raios do ocaso e o rouxinol entoa sua canção.

O estudante falava com aquele ardor e veemência juvenil de quem enfrenta o futuro desconhecido sem raciocínio e cálculos. Nessa fé no futuro com todos os seus mistérios, havia uma força invencível e encantadora.

A jovem entendeu que esse discurso era um desafio dirigido a ela e o ouvia com a cabeça inclinada sobre o bordado.

Seus olhos brilharam, as faces começaram a arder, o coração batia. Mas de repente o brilho nos olhos apagou-se, os lábios se apertaram, o coração começou a bater mais forte e no rosto empalidecido surgiu a expressão de susto.

Evelina assustou-se porque diante dela abriu-se a parede escura e nessa faixa de luz ela viu as perspectivas de um mundo amplo, ativo e efervescente. Sim, ele já a atraía havia muito tempo. Antes ela não se dava conta disso, mas, na sombra do velho jardim, sentada num banquinho solitário, ela passava horas entregue a sonhos irrealizáveis.

A imaginação pintava-lhe quadros pitorescos de um outro mundo longínquo, e nele não havia lugar para um cego.

Agora esse mundo aproximou-se e não só a atraía, mas também afirmava seus direitos sobre ela.

Ela lançou um olhar para Piótr e sentiu uma pontada no coração.

Sentado, pensativo, ele parecia oprimido. "Ele entende tudo", passou como relâmpago em sua cabeça, e seu corpo gelou. Ela mesma sentiu a súbita palidez no rosto. Imaginou por um momento que ela está lá no mundo longínquo e ele, aqui, sentado sozinho, cabisbaixo, ou na colina, esse menino cego, por quem ela chorou naquela tarde.

E sentiu pavor. Pareceu-lhe que alguém queria tirar a faca de sua antiga ferida. Lembrou-se dos longos olhares de Maksim. Então é isso que significam seus olhares!

Ele a entendia melhor que ela mesma e sabia que o coração de Evelina ainda estava em luta, ainda não havia escolhido, que ela não estava segura de si mesma. Mas não, Maksim estava enganado! Ela já sabe qual será seu primeiro passo e depois verá o que mais ela pode fazer na vida. Evelina tomou um fôlego como depois de um trabalho pesado e olhou em sua volta. Ela não percebeu quanto tempo durou o silêncio, quando o estudante terminou seu discurso, e se ele falou mais alguma coisa.

Ela olhou para o lugar onde havia um minuto tinha visto Piótr sentado.

Ele não estava lá.

VII

Então, ela dobrou tranquila seu bordado e levantou-se.

– Desculpem, senhores – disse ela, dirigindo-se às visitas. – Devo deixar vocês por algum tempo.

E foi pela alameda escura.

Essa noite fora inquietante não somente para Evelina. Na virada da alameda, onde estava o banco, ela ouviu vozes. Maksim conversava com a irmã.

– Sim, eu me preocupo com ela não menos que com ele – dizia o velho em tom severo. – Pense bem, ela ainda é uma criança que não conhece a vida! Eu me recuso a acreditar que você possa se aproveitar da ingenuidade de uma criança.

Na voz de Anna Mikháilovna ouviam-se lágrimas.

– Maks, e se ela... se ela? O que vai acontecer com meu menino?

– Aconteça o que acontecer! – respondeu firmemente o velho soldado. – Aí veremos o que vamos fazer. Mas em todo caso ele não deve carregar esse peso na consciência de ter arruinado uma vida. E nós também. Pense nisso, Ánia – acrescentou ele em tom suave.

O velho pegou a mão da irmã e a beijou. Anna Mikháilovna abaixou a cabeça.

– Meu pobre filho. Seria melhor se ele nunca a tivesse conhecido.

A moça antes adivinhou que ouviu essas palavras, de tão baixinho que soou esse lamento da mãe.

Evelina ficou ruborizada. Seguindo seus instintos, parou na esquina da alameda. Se ela se virasse agora, eles entenderiam que havia escutado toda a conversa.

Mas segundos depois ela levantou a cabeça, orgulhosa. Ela não quis escutar e, em todo caso, essa vergonha injustificada não ia prendê-la no meio do caminho. Além do mais, esse velho assume coisas que não lhe competem. Ela mesma saberia governar sua vida. Virou a esquina e passou por eles tranquila e de cabeça erguida. Maksim apressou-se a tirar do caminho sua muleta, e Anna Mikháilovna acompanhou-a com o olhar cheio de adoração.

A mãe como que sentia que a moça orgulhosa, que acabara de passar por ela com o ar tão desafiante, levava a felicidade ou a desgraça de toda a vida de seu filho.

VIII

No canto longínquo do jardim estava um velho moinho abandonado. Suas rodas não giravam havia muito tempo. As árvores cobriram-se de musgo e através das comportas furadas caíam tilintando fios de água. Era o lugar predileto do menino cego. Ele passava horas sentado no parapeito da represa, ouvindo o murmúrio das águas, e sabia reproduzi-lo no piano. Mas naquele momento ele não estava lá para isso. Ele andava rapidamente pela vereda com o coração amargurado e o rosto desfigurado de uma dor interna. Ao ouvir os passos da moça, ele parou.

Evelina pôs a mão no ombro do amigo e perguntou:

– Por que está tão triste?

Ele se virou e continuou sua caminhada pela vereda. Ela andou a seu lado.

Evelina entendeu o gesto e o silêncio de Piótr e abaixou a cabeça. Da fazenda ouviu-se uma canção ucraniana:

Da montanha alta
As águias levantavam voos,
Levantavam voos,
À procura da liberdade.

Uma voz jovem e forte suavizada pela distância cantava sobre a liberdade, o amor e a felicidade, e os sons da canção cobriam o preguiçoso sussurro do jardim.

Lá estavam pessoas felizes que falavam de uma vida plena e luminosa. Poucos minutos antes ela estava com eles, embriagada nos sonhos dessa vida, na qual não havia lugar para ele. Ela nem sequer notara a ausência dele e ninguém sabe o quão longos foram para ele esses minutos a sós com seu infortúnio. Esses eram os pensamentos da moça enquanto ela caminhava ao lado de Piótr. Nunca foi tão difícil conversar com ele e dominar seu ânimo. Porém, sentiu que a presença dela aliviava seu estado sombrio.

E, realmente, ele diminuiu o passo, o rosto ficou mais tranquilo. Ele ouvia os passos de Evelina a seu lado e a dor interna cedia lugar a outro sentimento ao qual ele se entregava por completo e que lhe fazia bem.

– Mas o que há com você? – ela repetiu a pergunta.

– Nada de especial – respondeu ele com amargor. – Apenas tive a noção de que estou sobrando nesta vida.

A canção que vinha da casa silenciou, mas um minuto depois ouviu-se outra, quase inaudível, porque o estudante cantava uma antiga balada ucraniana imitando a maneira dos tocadores de bandurra. Às vezes, a voz sumia e um vago sonho surgia na imaginação. Depois a melodia novamente chegava ao jardim através do farfalho.

Piótr parou prestando a atenção.

– Sabe – começou ele com uma voz triste –, os velhos têm razão dizendo que com o passar dos anos tudo piora neste mundo. Antigamente, ser cego era até vantajoso. Em lugar de piano eu poderia aprender a tocar bandurra e poderia peregrinar pelas aldeias e cidades. As pessoas iriam se reunir à minha volta e eu lhes cantaria sobre as façanhas e as glórias de seus pais. Naqueles tempos eu serviria para alguma coisa nesta vida. Mas hoje... Mesmo esse cadetezinho com sua voz estridente disse que a meta dele é casar e comandar uma unidade. Você ouviu? Todos riram dele. Mas para mim, para mim nem isso é acessível.

Os olhos azuis da moça se esbugalharam de susto e neles brilharam lágrimas.

– É que você deu muita importância aos discursos do jovem Stavrútchenko – disse ela, tentando dar um tom de brincadeira à sua voz.

– Sim – disse Piótr. – Ele tem uma voz muito agradável. Ele é bonito?

– Sim. Nada mau – confirmou Evelina e, notando o que dizia, acrescentou com agilidade: – Mas eu não gosto dele! Ele é presunçoso demais. E a voz dele é desagradável.

Piótr ficou surpreso ao ouvir esse acesso de raiva. A moça bateu o pé e continuou:

– Além do mais, tudo isso é tolice. É Maksim que arranja tudo isso, eu sei! Oh, como eu odeio Maksim agora!

– O que está dizendo, Vélia? O que ele arranja? – Piótr perguntou, surpreso.

– Odeio, odeio Maksim! – repetiu Evelina. – Com seus planos calculistas eles mataram dentro de si até os sinais do humanismo. Não me fale, não me fale deles. Que direito eles têm de decidir os destinos dos outros?

Ela calou-se, de repente cerrou os punhos com tanta força que seus dedos finos estalaram, e caiu num choro infantil. Surpreso, o cego pegou suas mãos com ternura.

Esse arroubo de sua calma e sempre comedida amiga fora totalmente inesperado e inexplicável! Ele ouvia seu choro e o estranho eco dele em seu coração. Lembrou-se de quando ele, ainda criança, sentia a mesma tristeza na colina, e ela chorava como agora.

Mas de repente ela tirou suas mãos das mãos dele e, outra surpresa: Evelina riu!

– Mas como eu sou tonta! Por que estou chorando?

Ela enxugou as lágrimas e começou a falar com emoção:

– Não vamos ser injustos: eles são bondosos! Os dois. E tudo que ele falou agora há pouco é justo. Mas não é para todos.

– Para todos que podem – disse o cego.

– Que bobagem! – respondeu ela com sorriso, embora as lágrimas ainda estivessem presentes em sua voz. – Maksim também lutou enquanto era capaz, e agora vive como pode. E nós também.

– Não diga "nós"! Você é outro caso.

– Não, não sou.

– Por quê?

– Porque... bem, porque você vai se casar comigo e vamos levar uma vida em comum.

Piótr ficou pasmo.

– Eu?... Com você?... Quer dizer que você se casaria comigo?

– Mas é claro! É claro! – respondeu ela com emoção. – Nunca lhe passou isso pela cabeça? Como você é bobo! É tão simples! Com quem mais você vai casar a não ser comigo?

– É verdade – concordou ele, mas em seguida percebeu seu egoísmo. – Escute, Vélia, pelo que eu soube das conversas de hoje, as moças nas cidades grandes estudam de tudo e diante de você também se pode abrir um largo caminho. Mas eu...

– Eu o quê?

– Eu sou cego!

E ele novamente se lembrou de sua infância, o tranquilo ruído das águas do rio, o primeiro encontro com Evelina e seu choro amargo ao ouvir a palavra "cego". Ele sentiu que mexera na mesma ferida e parou. O silêncio durou alguns segundos. Só se ouvia o barulho das águas nas comportas do moinho. Evelina não se pronunciou, como se não estivesse ali. De fato, uma convulsão torceu seu rosto, mas ela conseguiu se dominar e respondeu com calma e até em tom de brincadeira.

– E daí que você é cego? – disse ela. – Pois se a moça se apaixona por um cego, ela se casa com o cego. É isso que acontece nesses casos. O que se pode fazer?

– Apaixona-se – ele repetiu concentrado e com expressão séria, ouvindo os sons dessa palavra. Ouvia novos sons na palavra já conhecida. – Apaixona-se? – perguntou com a emoção crescente.

– Sim, claro! Você e eu, nós nos amamos. Como você é bobo! Pense bem: você poderia ficar aqui, sozinho, sem mim?

Seu rosto empalideceu.

Fazia um silêncio. Somente a água murmurava algo e os galhos da cerejeira-galega ramalhavam. O canto que vinha da casa parou, mas o rouxinol começava o seu.

– Eu morreria – disse ele em voz baixa.

Seus lábios tremiam, como no dia de seu encontro, e ela pronunciou com uma voz fraca, infantil:

– E eu também, sozinha no mundo, longe de você.

Ele apertou sua mão. Pareceu-lhe estranho o fraco aperto dela, não como os de sempre. Os movimentos fracos refletiam agora no fundo de seu coração. E além da Evelina de antes, a amiga de sua infância, ele sentiu nela uma moça fraca e ele se sentiu forte, vigoroso. Num arrebatamento de ternura, ele a abraçou, apertou-a contra seu peito e começou a acariciar seu cabelo sedoso.

E pareceu-lhe que sua tristeza e a dor da desgraça silenciaram e que para ele não existia mais nada no mundo, além do minuto presente. O rouxinol que estava testando a voz começou a trinar, esparramando seu frenético canto pelo jardim. Evelina animou-se e timidamente afastou o braço de Piótr.

Ele não se opôs e deu um profundo suspiro. Seu coração batia forte, mas regularmente, e ele sentia que o sangue espalhava por seu corpo uma nova força vital. Quando um minuto depois Evelina disse em tom costumeiro: "Bem, agora vamos voltar às visitas", ele com surpresa ouviu novas notas nessa linda voz.

IX

As visitas e os anfitriões reuniram-se numa sala menor, só faltavam Evelina e Piótr. Maksim estava conversando com seu velho amigo, os jovens estavam nas janelas abertas. A ausência de Evelina e Piótr era muito notável e criava a atmosfera de expectativa de drama, não muito clara para alguns, mas sentida por todos. Maksim lançava olhares inquietos para a porta. Anna Mikháilovna, com ar triste, procurava dar o máximo de atenção às visitas, como que sentindo culpa. Somente o sr. Popélski, notavelmente mais gordo, mas bonachão como sempre, estava cochilando na poltrona à espera do jantar.

Quando se ouviram passos no terraço que ligava o jardim à sala, todos os olhares dirigiram-se à porta. No retângulo da porta apareceram Evelina e, atrás dela, o cego, subindo a escada.

A jovem sentiu essa atenção concentrada em si, mas isso não a envergonhou. Ela atravessou a sala com a calma habitual e só por um instante surgiram em seu rosto um leve sorriso e uma faísca de desafio, quando passou por Maksim. A sra. Popélskaia olhava atentamente para o filho.

O jovem parecia não ter noção do lugar para onde estava sendo levado. E, quando sua figura fina apareceu na porta, ele parou. Mas depois atravessou o limiar e com o mesmo ar meio alienado, meio concentrado, aproximou-se do piano.

Embora a música fosse uma parte habitual da vida na fazenda, ela, ao mesmo tempo, era um elemento íntimo, excepcionalmente caseiro, pode-se dizer. Naqueles dias de falatórios e cantos das visitas, Piótr nem se aproximou do piano. A única pessoa que tocou o piano foi o filho mais velho de Stavrútchenko, o músico. Com essa abstinência ele ficou ainda menos notável na companhia animada, e a mãe com dor no coração observava o filho, perdido no meio dessa animação geral.

Agora, Piótr decididamente, como sempre, dirigia-se a seu lugar costumeiro. Parecia que ele havia se esquecido da presença das outras pessoas na sala. Aliás, no momento de sua chegada reinava o silêncio total no local e ele podia pensar que a sala estivesse vazia.

Ao abrir a tampa, ele tocou levemente as teclas, executou alguns acordes como que perguntando algo ao instrumento ou a si próprio. Depois, ficou pensativo.

A noite olhava para dentro, pelas janelas; por outras, as pontas de ramos verdes iluminadas pela luz da lâmpada espiavam. As visitas, preparadas para ouvir alguma música graças ao estrondo confuso do piano que acabava de soar e intrigadas pela estranha inspiração que se espessava no rosto pálido do cego, aguardavam mantendo silêncio.

Mas Piótr não tocava. Ele levantou a cabeça como se estivesse prestando atenção ao som de algo. Dentro dele levantavam-se ondas de diversas sensações. E como as ondas do mar levam o barco da margem, o afluxo de uma nova vida levava-o para um mundo desconhecido. Em seu rosto refletiam-se surpresa e indagação, e resíduos de emoção passavam por ele rapidamente. Os olhos cegos pareciam fundos e escuros. Podia-se pensar que ele não encontrava dentro de si aquilo que procurava ou queria ouvir.

Mas depois, embora com a mesma expressão de surpresa de não ter ouvido esse algo, e levado por uma nova onda de sentimentos, começou a tocar executando acordes suaves, sonoros e melodiosos.

X

Para os músicos cegos é muito difícil usar as notas. Elas são gravadas em relevo, assim como as letras impressas para os cegos, e os tons são indicados com outros signos e numa linha, como em um livro. Para indicar os tons de um acorde, colocam-se entre eles os pontos de exclamação. É claro que o cego tem de aprendê-los de cor e ainda para cada mão em separado. É um trabalho complicado e difícil. O que ajudou Piótr foi que ele gostava de separar as tarefas. Ao memorizar alguns acordes para cada mão, ele se sentava ao piano e, quando o conjunto desses hieróglifos soava inesperadamente como um acorde harmonioso, ele sentia um prazer enorme. Isso era tão interessante que ele se envolvia e até se divertia com esse trabalho.

Mas entre a peça no papel e sua execução no instrumento existem vários processos intermediários. Antes de se transformarem em melodia, as notas passam pelas mãos do cego, fixam-se em sua memória e voltam para seus dedos. Além disso, a imaginação e a sensibilidade do músico cego deixavam a marca individual na execução da peça. As formas nas quais se moldava a interpretação musical de Piótr foram influenciadas pelas canções populares que ele ouvia na execução de sua mãe desde a infância. Eram melodias de música popular que sempre soavam dentro de si e nas quais a natureza natal falava com ele.

E agora, desde os primeiros acordes de uma peça italiana, que ele executava com grande emoção e o coração palpitando, sentiu-se algo tão peculiar que no rosto dos ouvintes surgiu a expressão de surpresa. Mas passados alguns minutos todos estavam encantados com sua interpretação da música. Somente o filho mais velho de Stavrútchenko, o músico, ouvia comparando-a com a famosa peça e analisando a execução única do pianista.

As cordas ora tiniam, ora estrondavam na sala e no jardim.

Os olhos dos jovens brilhavam de animação e curiosidade. Stavrútchenko, o pai, que estava calado e cabisbaixo, começou a se animar, a dar cotoveladas em Maksim, e sussurrou:

– Esse, sim, toca pra valer! Não é verdade?

À medida que os sons cresciam, o velho alferes entregou-se às recordações. Ele deve ter se lembrado de sua juventude, porque seus olhos brilharam, o rosto ficou vermelho. Ele se aprumou, levantou o punho fechado querendo bater na mesa, mas segurou-se e o abaixou. Olhou para os filhos, alisou o bigode e sussurrou a Maksim:

– Querem arquivar os velhos, como se já não servíssemos para nada. Uma ova! Em nossos tempos, irmão, nós também... E ainda hoje... Não é verdade?

Maksim, indiferente à música, dessa vez sentia algo extraordinário na execução do seu pupilo e, soltando nuvens de fumaça, balançava a cabeça e prestava atenção aos olhares de Piótr a Evelina. Mais uma vez a força vital irrompia em seu sistema não como ele havia planejado. Anna Mikháilovna também lançava olhares interrogativos para a moça: o que soa nessa música? Uma felicidade ou um desespero de seu filho?... Evelina estava sentada na sombra do abajur; somente seus olhos, grandes e escurecidos, destacavam-se nessa penumbra. Somente ela entendia esses sons. Ela ouvia neles o tilintar dos fios de água nas velhas comportas e o sussurro da cerejeira selvagem na alameda escura.

XI

A melodia já havia mudado. Ao terminar a peça italiana, Piótr entregou-se à sua imaginação. Nela havia tudo, já que ele, um minuto antes, tinha prestado atenção às impressões do passado e as guardara na memória. Havia vozes da natureza, o barulho do vento, o sussurro da floresta, o marulho do rio e vozes humanas que silenciavam no espaço incógnito. Tudo isso se entrelaçava e soava forte vindo daquela sensação profunda que dilatava o coração, que era causada pelo misterioso murmúrio da natureza e que era difícil de determinar... Nostalgia?... Mas por que ela era tão agradável? Alegria?... Mas por que ela tinha uma tristeza infinita?

Às vezes esses sons cresciam, tornavam-se mais fortes, e no rosto do músico surgia uma expressão severa. Como se ele mesmo se surpreendesse com a força dessas melodias inesperadas e aguardasse algo mais. Parecia que mais alguns toques bastariam para tudo isso se unir numa corrente de vigorosa e bela harmonia, e nesses instantes os ouvintes prendiam a respiração. Mal alcançando a altura desejada, a melodia caía em um lamento choroso, como uma onda que se desfaz em espuma e respingos, e as notas de indagação e de uma amarga decepção ainda soavam longamente antes de se extinguir.

O cego parava por um minuto e na sala novamente se instalava o silêncio, rompido apenas pelo ramalhar no jardim. O fascínio que se apossava dos ouvintes e os levava para longe dessa sala quebrava-se e eles voltavam ao espaço limitado pelas paredes do pequeno recinto. A noite olhava pelas janelas escuras, enquanto o músico tomava ânimo. E novamente os sons começavam a crescer, subindo cada vez mais alto à procura de algo. No repique dos sons e acordes surgiam melodias de canções populares alegres e tristes, ora como lembranças dos sofrimentos e glórias do passado, ora como esperança, amor e tristeza ou como um bacanal da audácia juvenil. Nesse improviso o cego tentou expressar seus sentimentos em formas já existentes e bem conhecidas. Mas as canções terminaram deixando tremer no silêncio da sala a nota lamentosa da dúvida não dissipada.

XII

Ao olhar para o filho, Anna Mikháilovna viu em seu rosto a expressão já conhecida: anos antes, num dia ensolarado de primavera, sua criança estava desmaiada de tantas sensações novas e fortes vindas da excitante natureza primaveril. Mas somente ela notou isso.

Na sala armou-se um falatório. Stavrútchenko gritava algo a Maksim, os jovens, emocionados e excitados, apertavam a mão do pianista e lhe prediziam grande sucesso no campo artístico.

– Sim, certamente! – confirmou o irmão mais velho. – Você conseguiu assimilar a própria essência da música popular. Você se familiarizou com ela e a domina com perfeição. Mas diga, por favor, que peça você tocou no começo?

Piótr deu o nome da peça.

– Foi isso que eu pensei – respondeu o jovem. – Eu a conheço. Você tem uma maneira muito original de interpretação. Muitos a tocam melhor que você, mas ninguém a tocou assim como você. Isto é, como a tradução do italiano para o ucraniano. Você precisa de uma boa escola e então...

O cego estava ouvindo atentamente. Pela primeira vez ele se tornou o centro das atenções e de discussões animadas e dentro dele nasciam o orgulho e a consciência de sua força. Será que esses sons que lhe causaram sofrimento e insatisfação sem igual poderiam impressionar tanto os outros? Então ele também poderia fazer alguma coisa na vida. Ele estava sentado na banqueta do piano ainda com uma mão no teclado e sentiu nela o toque quente de alguém. Era Evelina que se aproximara. Ela apertou imperceptivelmente seus dedos e sussurrou-lhe com uma emoção feliz:

– Você ouviu? Você também terá seu trabalho. Se você visse, se você soubesse o que pode fazer com todos nós.

O cego estremeceu e endireitou-se. Ninguém notou essa cena curta além da mãe. Seu rosto corou, como se o primeiro beijo de amor fosse dado a ela.

O cego continuou sentado. Ele lutava com a sensação de felicidade que o dominara ou, talvez, sentia a aproximação de uma tempestade, que surgia como uma pesada nuvem escura do fundo de seu cérebro.

Capítulo sexto

I

No dia seguinte, Piótr acordou cedo. O movimento da casa ainda não havia começado. Pela janela, que ficava aberta a noite toda, entrava o frescor matinal do jardim. Apesar da cegueira, Piótr sentia muito bem a natureza. Ele sabia que ainda era cedo e que sua janela estava aberta, pois o farfalhar dos ramos soava nítido. Nesse dia, a percepção de Piótr estava especialmente aguçada: ele sabia que no quarto entrava sol e que se ele estendesse a mão e tocasse nos ramos das folhas, cairiam gotas de orvalho. Além disso, sentia em todo o seu ser algo novo, desconhecido.

Ele continuou deitado, prestando atenção ao chilrear de um passarinho e ao sentimento estranho que crescia em seu coração. "O que aconteceu comigo?", pensou ele, e no mesmo instante soaram as palavras ditas por ela: "Nunca lhe passou isso pela cabeça? Como você é bobo!".

Nunca tinha pensado nisso. A presença dela sempre lhe dera um grande prazer, mas até o dia anterior ele não percebia isso, assim como nós não percebemos o ar que respiramos. Essas palavras simples caíram em seu coração como uma pedra na superfície espelhada da água: apenas um minuto antes ela estava lisa e tranquila, refletindo o céu e a luz do sol. Mas bastou um golpe para se agitar até o mais profundo.

Agora ele acordava renovado. Ele já via outro sentido naquilo que acontecera no dia anterior, recordando-o até os mínimos detalhes, e voltava a ouvir a nova tonalidade da voz dela dizendo: "apaixonei-me", "como você é bobo!".

Ele pulou da cama, vestiu-se e correu para o moinho. Lá, como naquele dia, a água murmurava e a cerejeira selvagem sussurrava. Só que no dia anterior estava escuro, e nesse dia brilhava o sol. E nunca antes ele sentiu a luz tão claramente. Parecia que com o cheiroso frescor matinal penetraram nele os risonhos raios do dia primaveril, excitando-lhe os sentidos.

II

A fazenda toda ficou mais luminosa, mais alegre. Anna Mikháilovna rejuvenesceu, Maksim voltou a brincar mais vezes, embora, de vez em quando, das nuvens ouvia-se seu resmungo, como trovoadas de uma tempestade passando por perto. Ele reclamava que a maioria das pessoas considerava a vida um romance banal que sempre termina em casamento, que há muitas outras coisas neste mundo e não seria demais certas pessoas pensarem nelas. O sr. Popélski, que se tornara um homem gordo e bonito com o rosto sempre corado e o cabelo já levemente grisalho, sempre concordava com Maksim, pensando, provavelmente, que o cunhado se referia a ele e ia embora para se ocupar de seus negócios, que, aliás, iam de vento em popa. Os jovens davam risinhos e faziam seus planos. Piótr tinha pela frente sérios estudos musicais.

Um dia, já no outono, quando a colheita foi terminada e sobre os campos se esparramavam teias de aranha douradas, refletindo os raios do sol, a família Popélski partiu, com Evelina, para a fazenda dos Stavrútchenko, a apenas 70 verstas[21] dali – distância pequena, mas na qual a paisagem mudava muito. Os últimos contrafortes dos Cárpatos, ainda visíveis na região de Volyn e naquelas banhadas pelo Bug, sumiam e davam lugar às estepes ucranianas. Nessa planície, cortada em alguns lugares por barrancos, as aldeias eram cercadas por jardins e hortas e, nos horizontes, viam-se os túmulos altos.

A família não era habituada a viagens longas. Fora do vilarejo conhecido e dos campos das redondezas próximas, Piótr sentia-se perdido, sentia mais sua cegueira, ficava inquieto e irritadiço. Mas, dessa vez, ele aceitara de bom grado o convite dos Stavrútchenko. Depois daquela noite memorável, quando tomou consciência de sua vocação e da força do talento que crescia dentro de si, ele ganhou mais coragem para enfrentar o mundo lá fora. Esse mundo começava a atraí-lo e se ampliava em sua imaginação.

Os dias na casa dos Stavrútchenko passaram rápido. Piótr se sentia à vontade na companhia dos jovens. Ouvia com grande interesse o jovem Stavrútchenko tocar, assim como seus relatos sobre o Conservatório e os concertos na capital. Seu rosto começava a arder toda vez que o jovem anfitrião passava a lhe fazer elogios e expressar admiração por sua sensibilidade e capacidades

---

21 Antiga medida russa equivalente a 1,06 km. [N.E.]

musicais. Agora ele já não se retraía para os cantos, mas participava das conversas de igual para igual, embora com moderação. Suas recentes frieza e inquietude tinham passado. Ele estava descontraído e alegre, o que admirou a todos.

A quase 10 verstas da fazenda de Stavrútchenko ficava um antigo mosteiro, muito famoso naquela região, que tivera um papel importante na história local. Tártaros o assaltaram repetidas vezes, lançando nuvens de flechas por cima de suas muralhas de defesa; destacamentos poloneses o atacaram enfurecidamente; ou, do contrário, quando esteve sob domínio polaco, foi sitiado pelos cossacos que lutavam para reavê-lo. Agora suas torres estavam ruindo, as muralhas tinham sido substituídas por uma paliçada que protegia os jardins do gado dos camponeses; e nos fundos das fossas largas crescia painço.

Num dia claro de outono, os anfitriões e as visitas foram ao mosteiro. Maksim e as mulheres iam numa larga e antiga caleche que balançava, em suas molas, como um barco. Os jovens e Piótr foram a cavalo. O cego andava habilmente, ouvindo o bater dos cascos de outros cavalos e o barulho da carruagem que ia à frente. Vendo sua pose, seria difícil perceber que o cavaleiro não via o caminho e ia acostumado a confiar no instinto do cavalo. De início, Anna Mikháilovna volta e meia olhava para trás, desconfiando do cavalo e do caminho desconhecido. Maksim olhava orgulhoso para seu pupilo e zombava do medo das mulheres.

– Sabem – disse o estudante, aproximando-se da caleche –, lembrei-me agora de um túmulo muito interessante. Encontramos sua história vasculhando os arquivos do mosteiro. Se vocês quiserem vê-lo, é só virar para lá, não está longe daqui.

– Por que em nossa companhia surgem recordações tão tristes? – riu Evelina.

– Essa pergunta eu vou lhe responder depois! Vire para Kolódnia, até o jardim de Ostap, e pare perto da travessa! – gritou ele ao cocheiro, e voltou a seus companheiros.

Um minuto depois, os jovens alcançaram a caleche e apearam perto de uma cerca onde amarraram os cavalos, e dois deles foram ao encontro da carruagem para ajudar as damas a descer. Piótr ficou parado, cabisbaixo, como sempre, apoiando-se no arção da sela, e ouvia tudo com atenção, procurando se situar nesse lugar desconhecido.

Esse dia claro de outono era para ele uma noite escura, avivada apenas pelos sons. Ele ouvia o rumorejar das rodas da caleche se aproximando, as brincadeiras dos rapazes à espera dela, o tilintar das rédeas dos cavalos que estavam perto dele e esticavam a cabeça tentando alcançar a folhagem atrás da cerca. De algum lugar, provavelmente de uma horta, ouvia-se uma canção trazida pelo vento; em algum ponto gloterava uma cegonha; escutavam-se um bater de asas, o cocoricó de um galo que, de repente, se lembrou de alguma coisa e um leve ranger de uma engenhoca que tirava água do poço... Em tudo se sentia a proximidade da rotina laboriosa de uma aldeia.

De fato, eles haviam parado perto do último jardim de uma aldeia. Entre os sons mais longínquos predominava o repique de sino do mosteiro, alto e fino. Por esse som ou por outros sinais trazidos pelo vento, Piótr sentiu que naquele lugar, atrás do mosteiro, a planície terminava, talvez, atravessada por um rio, e de lá chegavam sons quase imperceptíveis e indeterminados. Esses sons eram fracos e abruptos, o que dava a sensação auditiva da lonjura, na qual aparece algo vago, assim como para nós surgem visões na neblina noturna.

O vento agitava uma madeixa de seu cabelo que saía do chapéu, num assobio por trás das orelhas parecido com o canto de uma harpa eólia. Lembranças vagas surgiam em sua memória; momentos da infância que sua imaginação tirava do passado voltavam à vida como sopros, toques e sons.

Parecia-lhe que o vento, o repique e a canção contavam-lhe uma história sobre o passado daquela terra, ou sobre seu passado mesmo, ou ainda sobre seu futuro indefinido e escuro.

A caleche chegou, todos desceram, passaram por uma brecha na cerca e entraram no jardim abandonado, cheio de ervas daninhas. Num canto, estava uma lápide quase totalmente afundada na terra.

– Somente há pouco tempo soubemos da existência desse túmulo – disse o jovem Stavrútchenko –, e sabem quem jaz aqui? Ignat Káriy, o glorioso cavaleiro de outrora, chefe dos cossacos rebeldes que lutaram contra os polacos.

– Então foi aqui que você descansou, seu velho bandoleiro? – disse Maksim. – Mas como ele veio parar aqui, em Kolódnia?

– No ano 17..., os cossacos, com os tártaros, cercaram o mosteiro ocupado pelos polacos. Vocês sabem que os tártaros sempre foram aliados perigosos. Provavelmente, os assediados conseguiram subornar o chefe dos tártaros e, de noite, os tártaros atacaram os cossacos e também os poloneses. Foi uma batalha sangrenta. Parece que os tártaros foram derrotados e o mosteiro, tomado, mas os cossacos perderam seu líder durante a luta – o jovem parou um instante. – Nessa história – prosseguiu o jovem – tinha mais uma pessoa, e nós procuramos mais uma lápide, mas foi em vão. A julgar pelo arquivo que achamos no mosteiro, com Káriy aqui foi enterrado um jovem bandurrista cego que acompanhava o atamã nas campanhas.

– Um cego? Nas campanhas? – disse Anna Mikháilovna, apavorada, imaginando seu filho numa batalha sangrenta.

– Sim, um cego. Parece que foi um cantor famoso em Zaporójie. Pelo menos é o que consta nesta história, escrita na linguagem eclesiástica polono-ucraniana. Acho que eu lembro de cor:

O famoso poeta cossaco Iurkó, que não se separava de Káriy, que o amava de todo o coração. Foi morto traiçoeiramente pelas forças diabólicas, segundo os costumes hereges, sem respeitar sua mutilação e o grande talento do canto e de música de cordas que enternecia até os lobos da estepe. Mas os hereges não o pouparam em seu ataque noturno. E aqui jazem, lado a lado, o cavaleiro e o cantor. Glória eterna a eles, amém!

– A lápide é bastante larga – disse alguém. – É possível que ambos estejam enterrados aqui.

– Sim, realmente, mas as inscrições foram cobertas pelo musgo. Vejam, aqui se veem o bastão e o *buntchuk*[22] de atamã, e o resto está escondido pelo líquen.

– Espere – disse Piótr, muito emocionado com a história. Ele se aproximou da lápide, inclinou-se e enfiou os dedos finos na camada verde do líquen, apalpando através dele a superfície da pedra.

Ele ficou com o rosto levantado e o cenho carregado durante um minuto. Depois começou a ler:

– "Ignátiy, apelidado Káriy. Do ano..."

– Isso nós conseguimos ler – disse o estudante. Os dedos do cego, tensos e dobrados, iam descendo a lápide.

– "Morto pela flecha do arco tártaro."

– "A força diabólica"? – sugeriu o estudante. – Essas palavras se referiam a Iurkó, ele jaz aqui, sob a mesma lápide.

– Sim, "a força diabólica" – leu Piótr. – Tudo mais adiante sumiu. Esperem, tem mais: "cortado pelos sabres

---

22 Haste com rabo de cavalo branco na ponta, símbolo de poder do atamã, comandante cossaco. [N.E.]

tártaros". Parece que ainda tem uma palavra. Não, não se conservou mais nada.

Realmente, a memória sobre o bandurrista perdia-se na úlcera da velha lápide de 150 anos.

Todos mantiveram um profundo silêncio. Mas ele foi interrompido por um longo suspiro. Era Ostap, o proprietário do jardim e o dono da última moradia do velho atamã, que se aproximou dos senhores e observava com surpresa como um jovem, de olhar parado, dirigido para cima, decifrava palavras escondidas daqueles que podiam ver, por longos anos, chuvas e tempestades.

– A força divina – disse ele, olhando para Piótr com veneração –, a força divina abre ao cego aquilo que os capazes de ver não enxergam.

– Agora a senhorita entende por que eu me lembrei de Iurkó, o bandurrista? – perguntou o estudante, quando a velha caleche ia pelo caminho empoeirado em direção ao mosteiro. – Eu e meu irmão estranhávamos como um cego poderia acompanhar Káriy e suas forças volantes. Geralmente os bandurristas eram velhos pedintes que peregrinavam pelas aldeias mendigando. Somente agora, ao ver Piótr, imaginei a figura de Iurkó a cavalo e com a bandurra às costas em vez do fuzil. Talvez ele tenha participado das batalhas. Das campanhas, certamente, e também corria perigo. Que tempos viveu nossa Ucrânia!

– Que tempos terríveis! – suspirou Anna Mikháilovna.

– Tempos bons – objetou o jovem.

– Agora não acontece nada parecido – retrucou Piótr, que também se aproximou da caleche. De cenho levantado, ele prestava atenção ao bater dos cascos dos cavalos da caleche e mantinha o seu ao lado dela. Seu rosto estava mais pálido que o de costume, traído por sua emoção. – Agora tudo isso desapareceu – repetiu ele.

– Desapareceu o que devia desaparecer – disse Maksim em tom frio. – Eles viviam à maneira deles, vocês procuram a sua.

– Para o senhor é fácil falar – disse o estudante – porque já obteve da vida o que é seu.

– Bem, mas a vida também pegou de mim o que era meu – disse o velho garibaldino e deu uma risadinha, olhando para suas muletas.

Depois de uma pausa, acrescentou:

– Eu também suspirava por aquelas batalhas, por sua poesia, pela liberdade. Até estive na Turquia, em visita a Sadyk[23].

– E aí? – perguntaram os jovens, animando-se.

– Eu me curei quando vi "seus cossacos livres" a serviço do despotismo turco. Uma mascarada histórica, charlatanismo! Entendi que a história já tinha jogado fora essa velharia e que o principal não estava nas formas bonitas, mas nas metas. Foi então que eu viajei à Itália. Mesmo sem conhecer a língua dessa gente, eu estava prestes a morrer por suas aspirações.

Maksim falava com ar sério. Nas discussões agitadas entre Stavrútchenko e seus filhos, ele não tomava parte, apenas dava risadas e respondia com sorrisos benevolentes às apelações dos jovens que viam nele seu aliado. Agora, também tocado pelos ecos do drama comovente revivido por eles sobre a lápide coberta de musgo, ele sentiu que esse episódio do passado tinha uma estranha ligação com o presente, e o elo dessa ligação era Piótr.

Dessa vez, os jovens não objetaram. Talvez porque a lápide falava tão claramente sobre a morte no jardim de

---

23 Mykhailo Chaikovsky (1804-1886), escritor ucraniano romântico, conhecido como Sadyk-pachá; sonhava em organizar os cossacos num partido político independente na Turquia. [N.A.]

Ostap, ou porque estavam impressionados com a sinceridade do velho veterano.

– O que nos resta, então? – perguntou o estudante, rompendo o silêncio.

– A mesma luta eterna.

– Onde? De que tipo?

– Procurem – respondeu Maksim laconicamente.

Maksim deixou seu habitual tom irônico e estava disposto a uma conversa séria, mas já não havia tempo para falar mais sobre esse assunto, pois a caleche tinha chegado ao portão do mosteiro. O estudante segurou o cavalo de Piótr pela rédea, e no rosto do cego, como em um livro aberto, lia-se uma profunda emoção.

III

Costumava-se ir ao mosteiro para ver a antiga igreja e subir no campanário do qual se abria uma ampla vista. Nos dias de sol podiam-se ver no horizonte as manchas brancas da capital da província e os meandros do Rio Dniepre.

O sol já estava se pondo quando o pequeno grupo chegou à porta do campanário, após ter deixado Maksim na entrada de uma cela. O jovem noviço, de batina e de capuz pontiagudo, estava sob a abóboda com a mão no cadeado da porta. Perto dele havia um grupo de crianças, como um bando de passarinhos. Percebia-se que entre eles e o noviço houve um conflito. Pelo ar belicoso e pela mão que segurava o cadeado, podia-se supor que a molecada pretendia entrar no campanário com os visitantes e que o noviço os afastava. Seu rosto pálido com manchas vermelhas tinha uma expressão brava e o olhar parado. Anna Mikháilovna foi a primeira a notar isso. Ela pegou a mão de Evelina.

– Ele é cego – sussurrou a moça.

– Fale baixo – respondeu a mãe –, e tem mais uma coisa. Você reparou?

– Sim.

Não foi difícil notar a semelhança do rosto do noviço com o de Piótr. A mesma palidez, as mesmas pupilas claras de olhos parados, o mesmo movimento inquieto das sobrancelhas a cada som novo. Os traços do rosto eram mais grossos, o corpo mais anguloso e, no entanto, isso sublinhava ainda mais a semelhança. Quando ele começou a tossir e colocou as mãos no peito cavado, Anna Mikháilovna pensou que diante dela tinha aparecido um fantasma. Quando a tosse parou, o noviço abriu a porta e, fechando a entrada com o corpo, perguntou com a voz rouca:

– Os moleques estão aqui? Fora, seus danados! – gritou ele, movendo todo o seu corpo para o lado em que estavam os meninos. Deixando entrar as visitas, ele disse com uma entonação insinuante: – Poderiam doar algum dinheirinho ao sineiro? Tenham cuidado, está escuro.

A turma começou a subir a escada. Anna Mikháilovna vacilava, vendo a escada íngreme e tortuosa, mas seguiu os outros com submissão. O sineiro cego fechou e trancou a porta. A luz sumiu e só por algum tempo Anna Mikháilovna, que por timidez esperava os jovens subirem, podia ver um fraco feixe de luz que vinha de alguma fresta na grossa parede de pedras. Contra essa luz, viam-se algumas pedras de forma irregular, empoeiradas.

– Ó tio, tiozinho, deixa entrar! – ouviram-se de trás da porta as finas vozes das crianças. – Deixa, tio!

O sineiro voltou-se e bateu com força na porta revestida de folhas de ferro.

– Vão embora, seus danados! Que um raio vos parta! – gritava ele com a voz rouca, sufocando-se de raiva.

– Seu diabo cego! – responderam as vozes sonoras de trás da porta e ouviu-se o correr de uma dezena de pés descalços.

O sineiro tomou fôlego.

– Seus malditos! Que a morte leve todos vocês. Oh, meu Deus! O Senhor abandonou-me – disse ele já com outra entonação, na qual se ouvia o desespero de uma pessoa sofrida e extremamente extenuada.

– Quem é?... Por que parou aqui? – perguntou ele asperamente ao dar de encontro com Anna Mikháilovna. – Pode subir, pode subir, não faz mal – acrescentou ele de maneira suave. – Espere, segure-se em mim. Terá um donativo para o sineiro? – perguntou ele outra vez com aquele tom desagradável.

Anna Mikháilovna tirou de sua bolsa uma nota, ele a pegou rapidamente de sua mão, encostou a nota em sua face e passou o dedo nela. Seu rosto pálido, tão parecido com o de seu filho, se desfez em sorriso de repente.

– Obrigado, muito obrigado! A nota é verdadeira! Pensei que a senhora caçoava do ceguinho. Os outros caçoam, acontece.

O rosto da pobre mulher estava em lágrimas. Ela as enxugou e subiu onde se ouviam, como se fosse o som de uma queda d'água, as vozes e os passos de seus companheiros.

Eles já estavam bem adiantados, mas numa das viradas os jovens pararam. Por uma janela estreita entravam ar fresco e um pequeno feixe de luz. Na parede, debaixo da janela, eles viram as inscrições. A maioria delas era de nomes de visitantes. Entre eles, os jovens encontravam nomes de seus conhecidos e trocavam comentários a respeito deles.

– Eis finalmente uma sentença – disse o estudante e leu:
– "Há muitos que começam, mas são poucos os que terminam." Pelo visto, ela se refere a esta subida – brincou ele.

– Entenda como quiser – retrucou grosseiramente o sineiro, e suas sobrancelhas começaram a se mexer rápidas e inquietas. – Tem um verso embaixo. Seria bom você ler.

– Onde? Não tem verso nenhum.

– Você diz que não tem, mas eu digo que tem. Há muitas outras coisas escondidas de vocês.

Ele desceu dois degraus, onde já se perdiam os fracos reflexos da luz do dia, e disse:

– Aqui. Um bom verso. Mas sem lanterna não dá para ler. – Piótr aproximou-se dele e, passando a mão na parede, facilmente encontrou o aforismo severo, gravado por alguém que morrera havia um século ou até mais:

Lembra-te da hora da morte,
Lembra-te da voz da trombeta,
Lembra-te da separação da vida,
Lembra-te do suplício eterno.

– Também uma sentença – tentou brincar o jovem Stavrútchenko, mas não foi bem-sucedido.

– Não gostou? – perguntou o sineiro em tom cáustico. – É claro, você ainda é jovem, mas, quem sabe? A hora da morte chega como um ladrão, de noite. O verso é bom – acrescentou ele já em tom diferente. – "Lembra-te da hora da morte, lembra-te da voz da trombeta." Sim, algo existe lá – completou com raiva.

Eles subiram mais alguns degraus e chegaram ao primeiro patamar da torre. Já estavam a uma altura elevada, mas uma abertura na parede conduzia a outra escada, ainda mais íngreme que a primeira, que os levou à plataforma superior. Ali se abria uma vista ampla e esplendorosa. O sol baixava, a oeste, enquanto uma grande nuvem escura cobria o céu, a leste. No horizonte, a noite cobria a vista com seus véus, exceto quando, aqui e ali, os raios do poente deixavam ver as paredes brancas de uma casa, os painéis vermelho-rubi de uma janela ou uma centelha de luz em uma torre distante.

Todos ficaram em silêncio. O vento, puro, livre de eflúvios terrestres, soprava pelos orifícios dos sinos, balançava suas cordas e, às vezes, produzia ecos metálicos contínuos que sugeriam aos ouvidos uma música vaga e longínqua ou suspiros profundos do cobre. Essa ampla vista inspirava paz e tranquilidade.

Mas o silêncio instalou-se por mais um motivo. Movidos por um instinto comum, provavelmente devido à sensação da altura ou de sua impotência, os dois cegos se dirigiram aos cantos da plataforma, onde se apoiaram contra os pilares e viraram o rosto para o calmo vento da tarde.

Nesse momento todos perceberam a estranha semelhança entre eles. O sineiro era um pouco mais velho. A batina larga balançava em seu corpo descarnado, os traços do rosto eram mais grossos e mais pronunciados. Havia diferenças também: o sineiro era loiro, seu nariz era ligeiramente adunco e os lábios, mais finos que os de Piótr. Sobre eles começavam a crescer bigodes e ele tinha uma barbicha encaracolada. Mas nos gestos, nos lábios nervosos e no movimento inquieto das sobrancelhas que se mexiam como tentáculos de insetos a cada som, notava-se um parentesco surpreendente; assim como, entre os corcundas, todos parecem irmãos.

O rosto de Piótr era mais tranquilo. Via-se nele a costumeira tristeza que no rosto do sineiro se acentuava pela amargura e, às vezes, pela irritação. Aliás, naquela hora ele parecia mais calmo. O sopro do vento parecia lhe alisar as rugas, trazendo a paz do mundo silencioso, escondido dos olhos cegos. As sobrancelhas quase não se mexiam. Mas de repente elas tremeram, como se ambos tivessem escutado, vindo do vale, um som imperceptível para os outros.

– Os sinos tocam – disse Piótr.

– É do Egóri, a 15 verstas daqui – acrescentou o sineiro. – Eles sempre tocam as vésperas meia hora antes de nós. Está ouvindo? Eu também. Mas os outros, não. Como é bom aqui – continuou ele em tom sonhador –, sobretudo nos dias de festa. Vocês já me ouviram tocar os sinos?

Na pergunta ouviu-se uma nota de vaidade.

– Venham para ouvir. O padre Panfili... conhecem o padre Panfili? Ele mandou trazer especialmente para mim essas duas segundas vozes[24]. – Ele se separou da parede e acariciou os dois sinos que ainda não tinham escurecido como os demais. – São excelentes. Como eles cantam, como cantam! Especialmente nas vésperas da Páscoa.

Os toques dos badalos eram tão leves e ao mesmo tempo tão nítidos, mas é provável que o som não tenha sido ouvido além da plataforma do campanário.

– E aqui, o outro... bum, bum.

Seu rosto iluminou-se com uma alegria infantil, porém havia nela algo de doloroso.

– Ele comprou os sinos, mas não manda costurar o casaco de inverno. É avarento! Fiquei resfriado aqui no campanário. A pior época é no outono. Faz frio. – Ele parou, ouviu com atenção e disse: – O coxo está chamando. Está na hora de vocês descerem.

– Vamos! – disse Evelina, e foi a primeira a se levantar. Até esse momento ela ficara imóvel e não tirara os olhos do sineiro, como se estivesse enfeitiçada.

Os jovens se dirigiram à saída e o sineiro ficou. Piótr deu um passo seguindo a mãe e parou bruscamente.

– Podem ir – disse ele em tom imperativo. – Eu não demoro.

---

24 Segunda voz é um sino pequeno que faz eco para o sino grande. [N.A.]

Os passos silenciaram. Evelina, que deixou Anna Mikháilovna passar na frente, ficou, apertou-se contra a parede e prendeu a respiração.

Os cegos sentiram-se sozinhos. Por alguns segundos eles ficaram imóveis e desajeitados, ouvindo com atenção.

– Quem está aqui? – perguntou o sineiro.

– Eu.

– Você é cego também?

– Sim. E você, há quanto tempo ficou cego? – perguntou Piótr.

– Nasci cego – respondeu o sineiro. – Temos um outro, Roman, ele perdeu a vista aos 7 anos. E você, pode distinguir o dia da noite?

– Posso.

– Eu também. Sinto quando o dia desponta. Roman não pode, mas mesmo assim viver é mais fácil para ele.

– Por quê? – perguntou Piótr.

– Por quê? Não sabe por quê? Ele viu a luz, lembra-se da mãe. Entende? De noite, dormindo, ele sonha com ela. Só que agora ela já é velha, mas ele sonha com ela ainda jovem. E você, sonha?

– Não – respondeu Piótr com a voz abafada.

– É por isso. Depende de quando a gente ficou cego. Ou se já nasceu assim!

Piótr estava sombrio. As sobrancelhas do sineiro levantaram-se alto e nos olhos via-se a expressão de sofrimento do cego, que Evelina conhecia tão bem.

– Oh, Deus, o Criador, oh, Nossa Senhora Imaculada!... Deixem-me sonhar, ao menos uma vez, com essa alegria de conhecer a luz.

Seu rosto se contorceu como numa convulsão e ele disse com amargor:

– Não, não deixam. Sonho com alguma coisa vaga, acordo e não me lembro de nada. – Ele parou de repente e se pôs a escutar. Seu rosto empalideceu e se contorceu. – Deixaram entrar os diabinhos! – disse com raiva.

E, realmente, da estreita passagem chegavam, como uma inundação, o barulho dos passos e os gritos da criançada. Por uns instantes o barulho cessou. É provável que os moleques tenham entrado na primeira plataforma. Mas depois o vão da escada começou a zumbir e logo os meninos alegres passaram correndo por Evelina, ultrapassando um ao outro. No último degrau eles pararam, mas depois entraram e começaram a correr para cá e para lá, passando pelo sineiro, que dava socos a esmo, tentando acertar algum moleque.

Na entrada, apareceu uma nova figura. Pelo visto, era Roman. Seu rosto, muito benévolo, era bexiguento. Seus olhos estavam fechados e os lábios se desfaziam em um sorriso. Ao passar por Evelina, ele entrou na plataforma. Um dos socos de seu companheiro acertou-o no pescoço.

– Oh, irmão! – exclamou ele com uma voz profunda, muito agradável. – Guerreando outra vez, Egóri?

Eles apalparam um ao outro.

– Para que deixou entrar os diabretes? – perguntou Egóri em ucraniano, ainda com voz raivosa.

– Ah, deixa! – respondeu Roman. – São passarinhos de Deus. Você os assustou. Onde vocês estão, diabinhos?

As crianças estavam quietinhas perto das grades, em seus olhos maliciosos havia um pouco de medo. Evelina desceu silenciosa metade da escada escura, quando ouviu os passos firmes dos dois cegos se aproximando. E de cima chegavam os gritos felizes da criançada que cercou Roman.

O grupo já estava saindo pelo portão do mosteiro quando tocou o primeiro sino. Roman anunciava as vésperas.

O sol se pôs, a caleche rolava, passava pelos campos escurecidos, acompanhada pelo melancólico repique que se diluía no crepúsculo azul.

Durante a viagem, todos mantiveram silêncio. Ao voltar à fazenda, Piótr retirou-se para o jardim e não respondia aos chamados de ninguém, nem mesmo de Evelina, e somente foi para seu quarto quando todos já estavam deitados.

IV

Os Popélski passaram mais alguns dias na fazenda dos Stavrútchenko. Piótr voltou a seu estado normal, ficava animado e até alegre à sua maneira, tentava tocar outros instrumentos da rica coleção do filho mais velho de Stavrútchenko. Eles o entretinham muito, cada um tinha sua voz e suas particularidades na expressão dos sentimentos. E mesmo assim se percebia nele uma tristeza, e os momentos de animação eram como raios de luz num fundo escuro.

Por acordo tácito, ninguém comentava a excursão para o mosteiro, como se ela tivesse fugido da memória de todos. Porém, percebia-se que ela ficara gravada fundo no coração do cego. Cada vez que se encontrava só ou as conversas dos outros não o interessavam, Piótr ficava pensativo e em seu rosto surgia a sombra da amargura. Todos conheciam a expressão, mas agora parecia mais acentuada e lembrava muito a do sineiro cego.

Quando ele sentava ao piano, em suas improvisações ouviam-se os repiques de sinos menores e os longos suspiros do cobre. E aquilo, sobre o que ninguém ousava falar, surgia claramente na imaginação de todos: a magra figura do sineiro, o rubor tísico nas faces, seus gritos raivosos e os queixumes do destino. E os dois cegos no campanário, em poses idênticas, com a mesma expressão no rosto, o mesmo movimento das sobrancelhas.

Aquilo que seus familiares consideravam uma particularidade exclusiva de Piótr era o selo geral da natureza obscura que expandia seu poder misterioso sobre todas as suas vítimas.

– Escute, Ánia – perguntou Maksim, quando a irmã voltou para casa. – O que aconteceu com o menino? Ele mudou muito justamente depois daquele dia.

– Oh, é por causa do encontro com o cego – respondeu Anna Mikháilovna com um suspiro.

Havia pouco tempo que ela enviara para o mosteiro dois casacos de pele de carneiro, dinheiro e uma carta ao padre Panfíli pedindo que aliviasse o destino dos dois cegos. Ela era generosa, mas, de início, tinha se esquecido de Roman. Foi Evelina quem lhe lembrou que seria bom ajudar os dois.

– Ah, é claro, é claro – respondeu Anna Mikháilovna. Percebia-se que seus pensamentos estavam longe. Além de sentir piedade, ela acreditava que com essa dádiva abrandaria a força obscura que já pairava sobre a cabeça de seu filho.

– Com que cego? – perguntou Maksim, surpreso.

– Aquele, do campanário.

Maksim, com bravura, bateu com a muleta no chão.

– Que maldição ser um aleijado estúpido! Você esqueceu que eu não subo nos campanários? Como é difícil conseguir explicações racionais das mulheres! Pelo menos você, Evelina, pode tentar explicar direito o que foi que aconteceu no campanário?

– Lá – respondeu baixinho a moça, que, aliás, também empalideceu nos últimos dias –, o sineiro é cego. E ele...

Evelina parou. Anna Mikháilovna escondeu o rosto com as mãos. Ela estava chorando.

– E ele é muito parecido com Piótr.

– E vocês não me disseram nada! E depois? Isso ainda não causa uma tragédia, Ánia – acrescentou ele em tom mais suave.

– Oh, como isso é horrível – respondeu Anna Mikháilovna.

– O que é horrível? Que ele se pareça com seu filho?

Evelina lançou um olhar significativo para o velho e ele se calou. Minutos depois, Anna Mikháilovna saiu e Evelina ficou com seu bordado, como sempre.

– Você me contou tudo? – perguntou Maksim.

– Sim. Quando todos iam descer, Piótr ficou. Ele mandou a tia Ánia – assim ela chamava Anna Mikháilovna desde a infância – ir como todo mundo e ficou com o cego. E eu... fiquei também...

– Para escutar? – disse o velho pedagogo de forma quase automática.

– Eu não pude ir embora – respondeu ela baixinho. – Eles conversaram como se fossem...

– Companheiros de infortúnio?

– Sim, como cegos. Depois Egóri perguntou se Piótr sonhava com a mãe. Piótr disse que não. Egóri também não. Mas o outro cego, Roman, sonha com a mãe ainda jovem, embora ela já seja velha.

– Bom! E depois?

Evelina pensou, depois levantou os olhos azuis, nos quais se percebiam luta e sofrimento, e disse:

– Roman é bondoso e calmo. Seu rosto é triste, mas é bravo. Ele não nasceu cego. Mas o outro... está sofrendo muito – encurtou ela.

– Fale diretamente, por favor – disse Maksim impaciente –, o outro é exasperado?

– Sim. Ele queria bater nas crianças, amaldiçoava-as. Mas as crianças adoram Roman.

– É exasperado e se parece com Piótr. Entendo – disse Maksim, pensativo.

Evelina ficou quieta e depois pronunciou bem baixinho, como se as palavras lhe custassem uma penosa luta interna:

– Os rostos não são parecidos. Os traços são diferentes. Mas a expressão... Pareceu-me que eu tinha visto antes no rosto de Piótr a expressão, parecida com a de Roman, mas agora vejo nele o outro. Frequentemente. Eu tenho medo. Eu penso que...

– Do que você tem medo? Vem cá, minha pequerrucha inteligente – disse Maksim com uma ternura incomum.

E quando ela, abrandando com esse carinho, se aproximou dele com lágrimas nos olhos, ele passou sua larga mão no cabelo sedoso da moça e disse:

– O que você pensa? Diga. Vejo que você sabe raciocinar.

– Penso que agora ele acha que todos os nascidos cegos são exasperados. E convenceu a si próprio de que ele também é.

– Sim, é isso – disse Maksim. – Passe-me o cachimbo, querida, está lá, na janela.

Minutos depois, sua cabeça estava envolta numa nuvem de fumaça.

"Hum. Sim. A coisa está mal", resmungava ele consigo mesmo. "Eu estava enganado. Ánia tinha razão: é possível ficar triste e sofrer por aquilo que nunca se experimentou. E agora a consciência juntou-se ao instinto e ambos irão na mesma direção. Maldição. Aliás, a verdade sempre aparece. Mais cedo ou mais tarde."

Ele sumiu totalmente entre as nuvens cinzentas.

Na cabeça quadrada do velho fervilhavam ideias e novas soluções.

V

Chegou o inverno. A neve cobriu os campos, os caminhos, as aldeias. A fazenda ficou toda branca, a neve fofa nos ramos das árvores dava a impressão de que folhas brancas surgiam ali. Na lareira crepitava o fogo. E cada um que vinha do jardim trazia o frescor e o cheiro da neve. A poesia do primeiro dia de inverno era acessível ao cego, à sua maneira. Acordando de manhã, ele se sentia mais animado e reconhecia a chegada do inverno pelo bater dos pés dos que entravam na cozinha, pelo ranger das portas, pelos fluidos finos na casa toda e pela "frieza" especial de todos os sons externos.

E, quando ele ia com Iókhim para o campo, escutava com prazer o ranger sonoro da neve sob o trenó e uns estalos surdos oriundos da floresta que trocava palavras com o campo. Dessa vez, o primeiro dia do inverno soprou tristeza para ele. Ao calçar as botas, ele foi para o moinho, abrindo o primeiro caminho na neve. No jardim reinava o silêncio. A terra congelada coberta de neve fofa não emitia sons, mas em compensação o ar ficava mais sensível aos sons e transmitia os gritos da gralha, as batidas do machado e o leve estalo de ramos quebrados para distâncias maiores.

Às vezes, ouvia-se um estranho tinido, parecido com o vidro, que passava para notas mais altas e se apagava bem longe. Eram pedrinhas que os moleques jogavam, quebrando a fina camada de gelo que se formara no açude.

O açude da fazenda também se cobriu de gelo, mas o rio, escuro e pesado entre as margens brancas, continuava correndo e murmurando ao passar pelas comportas. Piótr aproximou-se e parou, ouvindo com atenção. O som das águas era diferente – pesado e sem melodia. Dava para sentir nele o frio das cercanias mortas.

A alma de Piótr estava envolta em sombras. O sentimento que nascera em seu coração naquela noite feliz e que havia poucos dias era fonte de sua alegria agora cedia lugar a receios, indagações e insatisfação. Evelina não estava na fazenda. Os Iaskúlski viajaram para a casa de sua antiga "benfeitora", a velha condessa Potótski. Ela insistiu para que o casal levasse a filha, pois queria conhecê-la.

Evelina se recusava, mas acabou cedendo aos pedidos do pai, apoiado energicamente por Maksim.

Agora, perto do moinho, Piótr relembrava suas sensações anteriores, procurava restituí-las em toda a sua plenitude e se perguntava se sentia a ausência de Evelina. Sim, ele sentia, mas entendia também que sua presença não lhe trazia felicidade, mas um sofrimento agudo que, sem ela, se embotou um pouco.

Havia pouco tempo as palavras de Evelina soavam em sua memória, ele lembrava todos os detalhes da declaração de amor, sentia o cabelo sedoso em suas mãos e as batidas do coração em seu peito. Tudo isso criou uma imagem que o enchia de alegria. Mas algo disforme, como os fantasmas que povoavam sua imaginação, deu um sopro de morte nessa imagem e ela se desfez. Ele já não conseguia unir todas as lembranças naquela harmonia de sentimentos que dele transbordava. Desde o início, havia nela um pequeno grão de "algo diferente", e esse "algo diferente" estava crescendo e se alastrando como uma nuvem carregada no horizonte. Os sons da voz dela se apagavam e no lugar das lembranças daquela noite feliz abriu-se um vácuo. Mas o coração do cego fazia um esforço penoso para preencher esse vácuo.

Ele queria ver Evelina!

Antes seu sofrimento era como uma dor cansada à qual se acostuma e não se dá importância. Mas o encontro com o sineiro cego aguçou essa dor e a transformou num sofrimento consciente.

Ele a amava e queria vê-la!

E assim os dias passavam, um após o outro, na silenciosa fazenda coberta de neve.

Às vezes, os momentos felizes voltavam à sua memória, o rosto de Piótr se clareava e ele se animava. Mas não por muito tempo, e logo se tornaram a causa de sua preocupação: ele tinha medo de que eles jamais voltassem. Isso com frequência mudava seu estado de espírito: os minutos de ternura eram trocados por um nervosismo exacerbado, por uma depressão ou tristeza. De noite, na sala escura, o piano de cauda chorava aos prantos e cada som causava dor no coração de Anna Mikháilovna. Os medos da mãe tinham fundamento: o jovem voltou a ter os sonhos que o perturbavam na infância.

Uma manhã, Anna Mikháilovna entrou no quarto do filho. Ele estava dormindo, mas seu sono era agitado: os olhos estavam entreabertos, o rosto era pálido e tinha expressão de inquietude e de um esforço interno.

A mãe não tirava do filho o olhar atento, procurando descobrir a causa dessa inquietação. Mas via apenas que esse sentimento crescia. De repente, ela sentiu um movimento quase imperceptível: um raio de sol, que batia na parede acima da cabeceira, tremeu e começou a descer. A faixa de luz aproximava-se dos olhos entreabertos de Piótr e, à medida que ela chegava perto, o estado de agitação do menino crescia.

Anna Mikháilovna ficou imóvel, à beira de um pesadelo e sem poder tirar os olhos da faixa de luz que se aproximava do rosto do filho. E esse rosto empalidecia cada vez mais e crescia a expressão do esforço. O reflexo amarelo apareceu no cabelo do jovem e passou para a testa. Instintivamente, a mãe quis proteger o filho, mas as pernas não lhe obedeceram, como num verdadeiro pesadelo. Nesse meio-tempo, as pálpebras de Piótr se levantaram, os olhos imóveis refletiram a luz e a cabeça soergueu-se ao encontro dela. Por um instante, algo parecido com sorriso surgiu em seu rosto.

Finalmente, a mãe conseguiu vencer a imobilidade e, aproximando-se da cama, colocou a mão na cabeça do filho. Ele estremeceu e acordou.

– É você, mamãe? – perguntou ele.

– Sim, sou eu.

Piótr levantou-se. Parecia que uma neblina cobria sua consciência. Mas um minuto depois ele disse:

– Eu sonhei novamente. Agora eu tenho sonhos frequentes, mas não me lembro deles.

VI

O estado de profunda tristeza do jovem revezava-se com nervosismo e irritação. E, ao mesmo tempo, aguçava-se sua sensibilidade, o ouvido tornava-se ainda mais apurado. Ele sentia com todo o corpo a luz até de noite: ele percebia a diferença entre noites de luar e noites escuras. Com frequência, quando todos em casa já estavam dormindo, ele fazia passeios pelo pátio, entregando-se aos sonhos que esse fantástico luar lhe inspirava. Seu rosto sempre seguia o redondo astro e os olhos refletiam seus raios frios. Quando a lua aumentava de volume, aproximando-se da Terra, cobrindo-se de neblina vermelha e desaparecendo atrás do horizonte nevado, o rosto do cego ficava mais tranquilo e ele voltava para seu quarto. É difícil saber em que ele pensava nessas longas noites. Em certa idade, toda pessoa que teve alegrias e tristezas em sua vida consciente passa por uma crise espiritual de maior ou menor grau. Chegando ao limiar de sua vida ativa, o homem procura determinar seu lugar na natureza, sua significância, sua atitude em relação ao mundo que o cerca. É uma espécie de "ponto morto", e sorte daquele cujas forças vitais ajudam a passar desse ponto sem grandes danos. E, no caso de Piótr, essa crise espiritual se agravava: à questão "Para que o homem vive neste mundo?", ele acrescentou: "Para que um homem cego vive neste mundo?". E, além disso, no triste trabalho da mente algo estranho penetrava, uma pressão quase física, uma necessidade não saciada, e isso transparecia em seu caráter.

Na véspera do Natal, os Iaskúlski voltaram e Evelina, feliz e alegre, com a neve no cabelo, veio correndo, trazendo frescor, e se lançou ao abraço de Anna Mikháilovna, Piótr e Maksim. Nos primeiros instantes, o rosto de Piótr iluminou-se com essa surpresa feliz, mas depois a expressão de sua teimosa tristeza voltou.

– Você acha que eu te amo? – perguntou ele no mesmo dia, ao ficar a sós com Evelina.

– Tenho certeza absoluta – respondeu ela.

– Mas eu, não – disse ele com ar sombrio. – Sim, eu não sei. Antes eu tinha certeza de que amava você mais que tudo neste mundo. Mas agora, não sei. Deixe-me, escute aqueles que a chamam à vida, enquanto não é tarde.

– Por que você me tortura? – disse ela baixinho, em tom de lamento.

– Eu a torturo? – perguntou Piótr, e outra vez em seu rosto surgiu a expressão de egoísmo teimoso. – Sim, eu a torturo e vou continuar torturando a vida toda, não poderei deixar de torturar. Eu mesmo não sabia disso, mas agora sei. E a culpa não é minha. A mesma mão que me privou da vista, antes mesmo do meu nascimento, colocou dentro de mim esta raiva. Todos nós, os nascidos cegos, somos assim. Deixe-me. Deixem-me todos vocês, porque eu só posso dar sofrimento em vez de amor. Quero ver! Você entende isso? Quero ver e não posso me livrar desse desejo. Se eu pudesse ver minha mãe, meu pai, você e o tio Maksim, eu ficaria contente. Levaria essa lembrança para a escuridão do resto de minha vida.

E ele voltava a essa ideia com uma obstinação inabalável. Quando ficava sozinho, pegava nas mãos diversos objetos, apalpava-os com atenção extraordinária e depois, ao colocá-los de lado, procurava imaginar as formas que estudara.

Assim ele tentava também imaginar as diferenças nas cores fortes das superfícies que, forçando a sensibilidade do sistema nervoso, ele percebia vagamente pelo tato. Mas tudo isso entrava em sua consciência apenas como contrastes, sem o conteúdo sensorial determinado. Agora, ele distinguia o dia ensolarado da escuridão da noite, somente porque a ação da luz forte que penetrava em seu cérebro por vias inacessíveis à nossa consciência aguçava ainda mais tudo que o torturava.

VII

Um dia, Maksim encontrou Evelina e Piótr na sala. A moça com ar embaraçado, e Piótr com uma expressão sombria. Parecia que procurar novos motivos para sofrer e fazer os outros sofrerem tornou-se uma necessidade para ele.

– Ele me perguntou – dirigiu-se Evelina a Maksim – o que significa o termo "repique vermelho" e eu não sei como lhe explicar.

– Qual é o problema? – perguntou Maksim a Piótr.

Este deu de ombros.

– Nada de especial. Mas, se os sons têm cores e eu não os vejo, significa que até os sons também não são acessíveis para mim em sua plenitude.

– Besteira e criancice – respondeu Maksim asperamente. – Você mesmo sabe muito bem que isso não é verdade. Os sons para você são muito mais acessíveis do que para nós.

– Mas o que significa esse termo? Ele deve determinar alguma coisa.

Maksim parou para pensar.

– É apenas uma comparação – disse ele. – Como a natureza do som e da luz se resume ao movimento, eles devem ter propriedades comuns.

– Mas que propriedades exatamente? – continuava indagando Piótr. – "Repique vermelho", como ele é exatamente?

Maksim ficou pensativo.

Ele se lembrou de uma explicação, baseada na frequência de vibrações, mas sabia que não era isso que interessava ao cego. Além do mais, a pessoa que usou esse epíteto em relação ao som certamente não era um físico e, no entanto, captou uma semelhança. Em que ela consiste? Na cabeça do velho surgiu uma ideia.

– Espere – disse ele –, não sei se vou conseguir lhe explicar bem. Mas você pode conhecer o repique vermelho melhor do que eu. Você o ouviu várias vezes na cidade, nos dias de grandes festas. Só que em nossa região não usamos esse termo.

– Sim, sim, espere – disse Piótr, abrindo a tampa do piano. Com sua habilidosa mão ele bateu nas teclas, imitando o repique dos sinos nos dias de festa.

A imitação foi perfeita. O acorde de várias notas médias criava um fundo e nele se destacavam, pulando e oscilando, as notas altas, mais vivas e mais sonoras. Em geral, era aquele exato badalo contínuo que enchia o ar de festejo.

– Sim – disse Maksim –, é muito parecido, e nós de olhos abertos não poderíamos entender isso melhor que você. E, quando eu vejo uma grande superfície vermelha, ela produz em mim a mesma impressão de inquietude, de algo que emociona. Parece que a cor vermelha se modifica, sobre um fundo que some, depois escurece em alguns lugares, do qual se destacam manchas mais claras que aparecem e somem rapidamente, como sobem e caem as ondas do mar. E isso produz um efeito muito forte na vista. Pelo menos na minha.

– É isso, é isso! – confirmou Evelina. – Eu sinto a mesma coisa e não posso ficar olhando muito tempo para uma toalha de mesa vermelha, por exemplo.

– Da mesma forma que algumas pessoas não suportam o repique dos festejos. Talvez minha comparação esteja certa, mas veio à minha cabeça outra: existe também o repique "cor de framboesa". Ele se aproxima do vermelho, mas soa de forma mais profunda, mais tranquila e suave. Quando um sino é usado por muito tempo, dizem que ele fica "liso" e não emite mais os sons desiguais que ferem o ouvido. Esse repique de sinetas "alisadas" é chamado de "framboesa". O mesmo efeito pode ser obtido por um arranjo habilidoso de segundas vozes.

Sob as mãos de Piótr, o piano produziu os sons das sinetas do correio.

– Não – disse Maksim. – Eu diria que isso é vermelho demais...

– Ah, sim, lembrei!

E o instrumento soou mais suavemente. Começando por notas altas, fortes e vivas, os sons tornavam-se mais profundos e suaves em seguida. Assim tocava o conjunto de sinetas sob o arco da *tróika*[25] russa que corria pela estrada empoeirada, por entre os campos, para o longínquo desconhecido, e o som acabava se perdendo na vastidão dos campos silenciosos.

– É isso! – disse Maksim. – Você entendeu a diferença. Quando você era criança ainda, sua mãe tentava lhe explicar as cores com os sons.

– Sim, eu me lembro. Por que você nos proibiu de continuar isso? Talvez eu pudesse entender.

– Não – respondeu o velho –, não ia dar certo. Aliás, eu acho que, no fundo, nossas impressões dos sons e das cores são homogêneas. Nós falamos: "Ele vê tudo cor-de-rosa". Significa que a pessoa está alegre, bem-humorada. Esse estado pode ser causado por certa combinação de

---

25 Conjunto de três cavalos atrelados a um trenó ou a uma carruagem. [N.E.]

sons. Em geral, os sons e as cores são símbolos do nosso estado de espírito.

O velho acendeu o cachimbo e olhou atentamente para Piótr.

"Continuo ou não?", pensou Maksim e, um minuto depois, prosseguiu:

– Sim, umas ideias estranhas vêm à minha cabeça. Não sei se a cor de nosso sangue é vermelha por acaso. Quando na cabeça da gente surge uma ideia, ou a gente sonha com algo que nos faz acordar com lágrimas e tremor, ou quando a pessoa arde de paixão, significa que o coração bate mais forte e o afluxo do sangue ao cérebro é mais forte. Bem, e o sangue é vermelho.

– Vermelho e quente – disse o jovem, pensativo.

– Exatamente, vermelho e quente. E as cores vermelhas nos agitam assim como a paixão, que chamam de quente, nos faz arder. É notável que os pintores chamem as cores avermelhadas de tons "quentes". – Dando mais algumas baforadas no cachimbo, envolto em fumaça, Maksim prosseguiu: – Se você levantar o braço, acima de sua cabeça, você desenha no ar um semicírculo. Agora imagine que seu braço é infinitamente comprido e, se você pudesse levantá-lo, desenharia um semicírculo no infinito. É nessa lonjura que nós vemos o céu. A abóboda do céu. Ele não tem fim e é azul. Quando nós o vemos assim, temos a sensação de claridade e calma. Mas, quando ele se fecha cheio de nuvens de chuva, nossa tranquilidade logo se perturba. Você, por exemplo, sente a aproximação da tempestade.

– Sim, algo me deixa inquieto.

– Certo. Nós esperamos que entre as nuvens apareça novamente esse azul profundo do céu. A tempestade passa, tudo volta ao normal; nós sabemos disso e por isso ficamos tranquilos. Pois bem, o céu é azul. O mar também é azul quando está calmo. Os olhos de sua mãe são azuis e os de Evelina também.

– Como o céu! – disse Piótr num ímpeto de ternura que surgiu de repente.

– Sim. Os olhos azuis são considerados indício da pureza da alma. Agora vou lhe falar da cor verde. A terra é, em essência, preta, os troncos de árvores são pretos ou cinzentos no inverno e na primavera. Mas, quando os raios quentes do sol aquecem as superfícies escuras, começam a nascer delas o mato e as folhas verdes. Eles precisam da luz e do calor, mas não em demasia. Por isso, a cor verde é tão agradável para os olhos; ela é uma mistura do calor com o frescor da umidade: ela cria a sensação de tranquilidade, satisfação, saúde, mas não de paixão e não daquilo que as pessoas chamam de felicidade. Será que você entendeu?

– Não, não muito... Mas, por favor, continue falando.

– Bem, o que fazer?... Então, escute. Quando o verão se torna mais quente, as plantas verdes parecem se cansar do excesso de forças vitais, as folhas abaixam-se e, se o calor não abranda com as chuvas, elas podem murchar. Em compensação, no outono, as folhas desbotam e os frutos se enchem de seiva, mais vermelhos na parte mais exposta ao sol. No fruto concentra-se toda a força, toda a paixão da vida vegetal. Como se pode perceber, mesmo na natureza a cor vermelha é a cor da paixão e é seu símbolo. É a cor do êxtase, do pecado, da fúria e da vingança. Os povos, durante os motins, expressam seus sentimentos com bandeiras vermelhas, que drapejam sobre eles como chamas. Você continua sem entender?

– Não faz mal, continue!

– Quando chega o fim do outono, o fruto amadurece e fica pesado, despenca e cai na terra. O fruto morre, mas dentro dele vive a semente, e na semente está todo o futuro da planta, com sua futura folhagem farta e com os novos frutos. A semente cai na terra, mas o sol sobre a terra já não é quente, sopram ventos frios e passam nuvens frias. Não apenas a paixão, mas a vida toda para sem se dar conta. No céu predominam cores frias. E chega o dia em que nessa terra enviuvada, resignada e quieta, caem inúmeros cristais de neve e ela se torna toda branca. A cor branca é a cor da neve fria, a cor das nuvens altas e a cor dos infrutíferos picos de montanhas que flutuam nas alturas inacessíveis do céu. É o emblema da impassibilidade e da alta santidade, emblema da vida estéril. Quanto à cor preta...

– Eu sei – interrompeu-o o cego. – É a noite, sem sons, sem movimento.

– Sim, e por isso é o emblema do luto, da morte.

Piótr estremeceu e disse:

– Você mesmo disse "da morte". Mas para mim tudo é preto. Sempre e em toda parte: preto!

– Não é verdade – respondeu Maksim asperamente. – Para você existem sons, calor, movimento, você está cercado de amor. Muitos dariam a luz de sua vista por aquilo que você despreza como um demente. Sim, você é egoísta e só anda obcecado com seu infortúnio.

– Sim! – exclamou Piótr. – Ando obcecado a contragosto! Para onde vou fugir dele se ele está sempre comigo?

– Se você pudesse compreender que no mundo existem desgraças cem vezes piores se comparadas à sua, se comparadas à vida que você leva, uma vida tão abastada e cercada de tanto amor e cuidados que poderia até ser chamada de deliciosa.

– Não é verdade! Não é verdade! – interrompeu-o Piótr com irritação. – Eu faria essa troca com o pior dos mendigos, porque ele é mais feliz do que eu. E não é preciso cercar os cegos de cuidados. É um grande erro. Eles devem ser levados para a rua e deixados lá para pedir esmola. Se eu fosse um simples mendigo, não me sentiria tão infeliz. De manhã estaria pensando em como arranjar comida, contando os tostões doados. Ficaria contente com cada um a mais. Depois procuraria receber o suficiente para o pernoite. E, se não conseguisse, ficaria passando fome e frio e não teria nem um minuto para pensar nos sofrimentos nos quais eu agora penso.

– Tem certeza? – perguntou Maksim com frieza e olhou para Evelina com compaixão.

O rosto concentrado da moça estava pálido.

– Tenho – respondeu Piótr com teimosia e crueldade. – Eu tenho inveja de Egóri, aquele do campanário. Agora, acordando de manhã, principalmente quando venta e neva, eu me lembro de Egóri: eis ele subindo em sua torre.

– Sente frio – soprou Maksim.

– Sim, sente frio, treme e tosse. Amaldiçoa Panfili, que não lhe compra um casaco de pele. Depois, com as mãos geladas, ele pega as cordas e toca as matinas. Ele esquece que é cego porque qualquer um sentiria esse frio. Mas eu não esqueço e não tenho...

– E não tem a quem amaldiçoar?

– Sim! Não tenho a quem amaldiçoar! Minha vida é preenchida somente com a cegueira. Ninguém tem culpa disso, porém, sinto-me mais infeliz do que qualquer mendigo.

– Não vou discutir – respondeu friamente o velho. – Talvez você tenha razão. Em todo caso, se você se sentisse pior fisicamente, talvez fosse melhor como pessoa.

Maksim lançou mais um olhar de compaixão para Evelina e saiu da sala, batendo as muletas.

Depois dessa conversa, o estado de espírito de Piótr piorou e ele mergulhou mais fundo ainda em suas penosas reflexões. Às vezes, ele conseguia ter as sensações das quais falava Maksim. E elas se uniam a suas próprias ideias sobre o espaço. Ele tentava medir a terra, escura e triste, e não encontrava seu fim. E havia algo mais acima dela. As trovoadas davam-lhe a ideia do espaço celestial, mas depois que elas silenciavam ficava algo mais nessas alturas que causava uma sensação de grandeza e de clareza. Às vezes, a essa sensação acrescentava-se algo concreto: a voz de Evelina, da mãe que tinha "olhos azuis como o céu"; e a imagem concreta, surgida do fundo de suas fantasias, desaparecia de repente e passava para outra área.

Essa imaginação torturava e não satisfazia o cego. Ela exigia grandes esforços e era tão vaga que, além da frustração, causava-lhe uma dor que acompanhava todos os esforços para obter a plenitude de suas sensações.

VIII

Chegou a primavera. A umas 60 verstas da fazenda dos Popélski, numa pequena cidade, existia um ícone católico milagroso.

Os mestres do ofício religioso afirmavam categoricamente sua força milagrosa: cada um que fosse a pé ver o ícone no dia de sua festa beneficiava-se de "vinte dias de remissão de pecados", isto é, todas as arbitrariedades cometidas durante esses vinte dias seriam riscadas no outro mundo. Por isso, anualmente, no dia do início da primavera, a cidadezinha animava-se e ficava irreconhecível. A velha igrejinha decorava-se com as primeiras flores, soavam os alegres repiques de sinos, os peregrinos acomodavam-se nas ruas, praças e até nos campos. Vinham não apenas os católicos. A fama do ícone espalhara-se e chegou até entre os cristãos ortodoxos, principalmente entre as pessoas das cidades. No dia da festa do ícone, o povo formava uma fila interminável dos dois lados da igrejinha. Quem olhasse para ela de cima poderia pensar que uma enorme serpente tinha se estendido a caminho da igreja. Exércitos de mendigos ocupavam com as mãos estendidas ambas as extremidades da fila. Maksim de muletas e, ao lado dele, Piótr, de mão dada com Iókhim, estavam caminhando devagar pela rua que levava ao campo. O ruído de vozes da multidão, gritos dos mercadores judeus, o barulho das carruagens – toda essa algazarra que ululava como uma onda enorme ficou para trás. Mas mesmo no campo, onde não havia tanta gente, ouviam-se os passos de pedestres, o ranger das rodas e o murmúrio da multidão. Um comboio inteiro de carroças de camponeses ucranianos com o trigo para a venda chegava pelo caminho do campo e virava na primeira rua da cidade.

Piótr, ouvindo distraidamente essa soada humana, seguia Maksim. Fazia frio, ele fechava o casaco a cada instante e não parava de revirar seus pensamentos carregados. Mas, de repente, algo o surpreendeu, ele estremeceu e parou.

As fileiras de prédios da cidade terminavam ali e a estrada principal entrava na cidade por entre cercas e terrenos baldios. Na beira do campo, mãos piedosas ergueram um pilar de pedra e colocaram nele um ícone e uma lanterna. A lanterna, é verdade, nunca era acesa e rangia ao vento. Ao pé desse pilar, acomodou-se um grupo de mendigos cegos, que foram expulsos dos lugares mais rentáveis por seus colegas que enxergam. Eles tinham taças de madeira nas mãos e, de tempo em tempo, um deles entoava uma triste canção:

Uma esmolinha para os ceguinhos,
pelo amor de Deus...

O dia era frio e eles ficavam ali sentados desde cedo, desprotegidos do vento que vinha do campo. Eles não podiam ficar no meio da multidão para se aquecer e em suas vozes ouvia-se a queixa inconsciente de seu sofrimento físico e do total desamparo. Ainda era possível ouvir as primeiras notas com nitidez, mas depois, dos peitos comprimidos pelo frio, saía apenas um lamento baixo e tremido. No entanto, os últimos sons do canto, quase perdidos no barulho da rua, surpreendiam com o enorme sofrimento que se ouvia neles.

O rosto de Piótr desfigurou-se como se diante dele surgisse um fantasma sonoro em forma de gemido e sofrimento.

– Por que se assustou? – perguntou Maksim. – São aqueles felizardos de quem você teve inveja há pouco tempo. Os mendigos cegos pedindo esmola... Eles têm um pouco de frio, é claro. Mas em sua opinião isso só faz bem para eles.

– Vamos embora! – disse Piótr, pegando-o pela mão.

– Ah, você quer ir embora! Em seu coração é o único impulso ao ver o sofrimento alheio! Espere, quero conversar a sério com você, e fico contente que isso vá acontecer justamente aqui. Você reclama que os tempos mudaram, que agora os cegos não são mais assassinados em batalhas noturnas, como o bandurrista Iurkó; enfada-se porque não tem quem você possa amaldiçoar, como Egóri, mas, no fundo, amaldiçoa seus próximos por eles terem privado você do destino feliz desses cegos. Talvez você tenha razão, palavra de honra! Sim, dou palavra de honra de um velho soldado; todo homem tem o direito de escolher seu destino e você já é homem. Então escute o que vou lhe dizer agora, se quiser corrigir nosso erro, se quiser jogar na cara de seu destino todas as vantagens com que a vida o cercou desde o berço e experimentar o destino desses coitados... Eu, Maksim Iatsenko, prometo-lhe meu respeito e minha ajuda... Está me ouvindo, Piótr Popélski? Eu era um pouco mais velho que você quando meti a cabeça na batalha e no fogo. Minha mãe também chorava por mim, assim como a sua vai chorar por você. Mas que diabo! Eu creio que tinha meu direito a isso, assim como você tem o seu agora! O destino vem ao homem uma vez na vida e diz: escolhe! No fim, basta você querer...

– Fiódor Kandiba, está aqui? – gritou ele em direção ao grupo de cegos.

– Estou aqui... É você, Maksim Mikháilovitch, quem está me chamando?

– Eu! Vá em uma semana àquele lugar que eu lhe disse.

– Irei, senhor – e a voz do cego juntou-se ao coro.

– Você conhecerá um homem – disse Maksim com fulgor nos olhos – que tem o direito de se queixar do destino e das pessoas. Aprenda com ele a suportar sua vida. Mas você...

– Vamos embora, senhor – disse Iókhim, lançando um olhar severo ao velho.

– Não, espere! – gritou com ira Maksim. – Ninguém passou pelos cegos sem lhes jogar ao menos cinco copeques. Será que vai fugir sem fazer isso? Só sabe blasfemar com sua inveja da fome dos outros, mesmo de barriga cheia!

Piótr levantou a cabeça, como se tivesse recebido uma chicotada. Tirou do bolso o porta-moedas e se dirigiu aos cegos. Ao localizar o mais próximo com sua bengala, ele procurou com a mão a taça em que estavam as moedas de cobre e, com cuidado, colocou nela seu dinheiro. Alguns transeuntes pararam, vendo com surpresa um jovem bonito e bem-vestido dando esmola às apalpadelas ao cego, que a recebia também às apalpadelas.

Maksim virou-se bruscamente e foi claudicando pela rua. Seu rosto estava rubro, os olhos ardiam. Era certo que teve um daqueles acessos dos quais se lembram todos que o conheciam jovem. Agora ele já não era o pedagogo que pesa cada palavra, mas o homem ardente e bravo. Todavia, ao olhar de esguelha para o sobrinho, o velho se abrandou. O rosto de Piótr estava branco como papel, profundamente emocionado e com o cenho carregado.

O vento frio levantava a poeira nas ruas da pequena cidade. Atrás deles, entre os cegos começou uma partilha acalorada do dinheiro de Piótr.

IX

No dia seguinte Piótr estava acamado em seu quarto com febre alta. Não se sabe se isso foi consequência do resfriado, da crise nervosa ou as duas causas juntas. Ele estava agitado na cama. Com o rosto desfigurado, às vezes tentava escutar algo ou se levantar da cama e fugir. O velho doutor media seu pulso e falava do vento frio de outono. Maksim amarrou a cara e tentava não olhar para a irmã.

A enfermidade persistia. Quando chegou a crise, o doente ficou vários dias sem se mexer. Finalmente, o jovem organismo venceu. Numa clara manhã de outono, os raios de sol irromperam pela janela e iluminaram a cabeceira da cama de Piótr. Ao notar, Anna Mikháilovna disse a Evelina:

– Eu tenho tanto medo dessa luz... Por favor, feche a cortina.

A moça levantou-se para cumprir o pedido, mas, inesperadamente, pela primeira vez a voz do doente soou:

– Não, não feche, deixe assim... por favor.

As duas mulheres pularam de alegria.

– Você me ouve? Eu estou aqui! – disse a mãe.

– Sim! – respondeu ele, depois calou-se. Ele parecia tentar se lembrar de alguma coisa. – Ah, sim! – disse ele, tentando se levantar. – Aquele... Fiódor, ele já esteve aqui? – perguntou.

As mulheres trocaram olhares ansiosos. Anna Mikháilovna pôs a mão na boca do filho.

– Calma, calma! Não fale: faz mal para você.

Ele pegou a mão da mãe e a cobriu de beijos. Seus olhos estavam cheios de lágrimas. Ele chorou muito e isso o aliviou.

Durante vários dias ele esteve dócil e pensativo. Mas, quando ouvia Maksim passar pelo corredor, em seu rosto surgia uma expressão de inquietude. As mulheres notaram isso e pediram a Maksim que ficasse longe do quarto de Piótr. Mas um dia o próprio Piótr pediu que chamassem Maksim e que os deixassem a sós.

Ao entrar no quarto, Maksim pegou a mão do sobrinho e a acariciou.

– Bem, meu menino, eu devo lhe pedir perdão – disse.

– Eu entendo – respondeu Piótr. – Mas você me deu uma boa lição e eu lhe sou grato por ela.

– Para o diabo com as lições! – respondeu Maksim. – Ser pedagogo durante muito tempo torna a pessoa tola. Mas dessa vez eu não pensava em lição nenhuma, apenas fiquei muito bravo com você e comigo mesmo.

– Quer dizer que você realmente queria que eu...?

– Sim, queria, queria! Quem pode saber o que a pessoa quer quando enlouquece. Eu queria que você visse a desgraça dos outros e parasse de ficar tão obcecado com a sua.

Ambos ficaram calados.

– Essa canção – disse Piótr minutos depois –, eu a ouvia até em meus delírios... E quem é esse Fiódor que você chamou?

– Fiódor Kandiba. Eu o conheço há muitos anos.

– Ele também... nasceu cego?

– Pior: seus olhos foram queimados na guerra.

– E ele anda pelo mundo cantando?

– Sim, e com essa canção sustenta a família inteira, todos os seus sobrinhos órfãos e ainda encontra palavras carinhosas e brincadeiras para cada um deles.

– Ah, é? Deve haver algum mistério nisso. Eu gostaria que...

– Gostaria do quê, querido?

Ouviram-se passos e Anna Mikháilovna entrou no quarto, olhando com preocupação para seus rostos emocionados, provavelmente pela conversa interrompida por sua chegada.

Uma vez vencida a doença, o jovem organismo conseguiu eliminar seus vestígios. Em duas semanas, Piótr já estava em pé. Ele mudou muito, mudou a expressão de seu rosto e não se viam mais nele os sinais do agudo sofrimento interno. O abalo moral substituiu a concentração mental e sua tristeza.

Maksim receava que fosse apenas uma mudança temporária devida ao enfraquecimento da tensão nervosa pela doença.

Um dia, ao anoitecer, Piótr pela primeira vez sentou-se ao piano e começou a improvisar. As melodias eram tristes, calmas, assim como seu estado de espírito. Mas, de repente, numa delas irromperam as primeiras notas da canção dos cegos e a melodia se desfez. Piótr levantou-se, seu rosto estava transtornado e os olhos cheios de lágrimas. Pelo visto, ele ainda não conseguia vencer a forte impressão da dissonância de vida que lhe causou esse barulhento e pesado queixume.

Naquela noite, Maksim outra vez conversou com Piótr a sós.

Passaram-se semanas depois disso, mas seu humor não mudava. A consciência egoística do próprio infortúnio, que causava passividade e oprimia a energia inata, abriu espaço para algo diferente. Ele voltou a se propor objetivos e arquitetar planos. A vida renascia dentro dele, a alma traumatizada como uma arvorezinha quebrada dava novos brotos, quando sentiu o vivificante sopro da primavera. Entre outras coisas, ficou resolvido que já naquele verão Piótr iria a Kiev e no outono começaria as aulas com um pianista famoso. Piótr e Maksim insistiram para que viajassem somente eles dois.

X

Numa noite quente de julho, uma caleche levada por dois cavalos parou no campo nas bordas da floresta para o pernoite. Ao raiar do sol, dois cegos passaram pela beira do caminho. Um deles girava a manivela de um instrumento primitivo: uma caixa contendo um rolo de madeira que girava nas cordas bem tensionadas, emitindo um zumbido monótono e triste. A voz de um velho, um pouco fanhosa, mas agradável, cantava a prece matinal.

Ucranianos que passavam de carroça pela estrada viram os cegos sendo chamados para uma caleche perto da qual, num tapete, estavam sentados dois senhores que tinham passado a noite no campo. Quando o comboio de carroças parou perto da fonte d'água, os cegos passaram pelos carroceiros, mas dessa vez já eram três. A fileira era encabeçada por um velho de cabelo esvoaçado e bigodes brancos que ia batendo no chão à sua frente com um bastão comprido; sua fronte estava cheia de chagas de queimaduras e, no lugar dos olhos, só havia cavidades. Em seu ombro estava pendurada uma fita larga que tinha a outra ponta amarrada no cinto do cego que o seguia. Esse segundo era um grandalhão com o rosto bexiguento. Ambos caminhavam a passos seguros, com o rosto virado para o céu, como se estivessem procurando nele seu caminho. O terceiro era bem jovem, de roupa camponesa nova. Seu rosto era pálido, como que assustado, os passos não eram seguros e, às vezes, ele parava, escutando alguma coisa atrás de si, o que interrompia o movimento de seus companheiros.

Por volta das dez horas eles já estavam longe. Era possível ver a floresta no horizonte como uma faixa azulada.

Em volta deles estendia-se a estepe, e na frente ouvia-se o zumbido dos fios telegráficos aquecidos pelo sol na estrada que atravessava o caminho de terra. Os cegos chegaram até ela e viraram à direita. Atrás deles, ouviu-se o seco bater de cascos de cavalos. Os cegos se alinharam na beira da estrada. O rolo de madeira começou a girar e outra vez ouviu-se o triste zumbido das cordas, e a voz do velho entoou:

Uma esmolinha para os ceguinhos,
pelo amor de Deus!...

Ao zumbido do rolo juntou-se o som das cordas que o jovem tocava. Uma moeda tilintou bem aos pés do velho Kandiba.

O ruído das rodas parou. Provavelmente, os passageiros quiseram ver se os cegos encontrariam a moeda. Kandiba a achou com rapidez e seu rosto expressou satisfação.

– Deus os salve – disse ele em direção à caleche na qual estava a figura quadrada de um senhor velho, de cabelo grisalho, segurando duas muletas a seu lado.

O velho olhou atentamente para o jovem. Aos sons da canção, suas mãos movimentaram-se rapidamente pelas cordas, como que querendo abafar suas notas agudas. A caleche andou, mas o velho senhor não parava de se virar para trás. Logo o barulho das rodas sumiu. Os cegos continuaram caminhando em fila.

– Você tem a mão leve, Iuri – disse o velho. – E toca muito bem.

Uns minutos depois o cego do meio perguntou:

– Está indo a Potcháiev para cumprir a promessa a Deus?

– Sim – respondeu baixinho o jovem.

– Acha que vai poder ver? – perguntou o outro com sorriso amargo.

– Acontece – disse o velho com voz suave.

– Há quantos anos vou lá, mas nunca encontrei ninguém que recuperasse a vista – objetou o bexiguento em tom sombrio, e eles continuaram a caminhada em silêncio. O sol subia. Era possível ver a estrada branca e reta como flecha, as três figuras escuras dos cegos e, na frente, o ponto preto da caleche. Depois, na bifurcação, a caleche seguiu o rumo para Kiev e os cegos viraram a caminho de Potcháiev.

Logo chegou à fazenda a carta de Maksim. Ele comunicava que ambos estavam bem de saúde e que tudo se arranjava da melhor maneira. Nesse meio-tempo os três cegos continuavam caminhando e agora todos mantinham o mesmo ritmo. Na frente, ia Kandiba batendo seu pau. Ele conhecia perfeitamente todos os caminhos e sempre chegava a tempo aos grandes povoados nos dias de festa e de grandes feiras. As pessoas se reuniam em volta da pequena orquestra e no chapéu de Kandiba caíam tilintando as moedas. A agitação e o medo desapareceram do rosto do jovem. A cada novo passo fluíam ao encontro dele novos sons do desconhecido e vasto mundo que substituiu o preguiçoso murmúrio da silenciosa fazenda.

Seus olhos cegos se alargavam, ele respirava fundo e o ouvido afinava; ele reconhecia seus companheiros, o bonachão Kandiba e o irritadiço Kusma, e seguia longamente os carroceiros, pernoitava na estepe, perto da fogueira, ouvia a vozeria das feiras, inteirava-se das desgraças dos outros cegos, inválidos e sãos que lhe apertavam o coração. E, coisa estranha: agora ele encontrava em seu coração o lugar para todas essas sensações novas. Ele conseguiu vencer essa canção dos cegos e, dia após dia, sob o acompanhamento do rumor desse infinito, acalmavam-se dentro dele sua revolta e suas aspirações ao impossível. Sua memória captava e guardava cada nova canção, cada nova melodia; e, quando ele começava a dedilhar as cordas de seu instrumento, até o irritadiço Kusma se enternecia. À medida que se aproximavam de Potcháiev, o grupo de cegos crescia.

No outono prolongado, pelo caminho nevado, o jovem senhor, para a surpresa de todos, voltou à fazenda acompanhado de dois cegos, vestidos de farrapos. Havia rumores de que ele tinha ido a Potcháiev para cumprir sua promessa e pedir cura à Nossa Senhora de Potcháiev.

Aliás, seus olhos continuavam claros e imóveis. Mas sua alma estava curada. O terrível pesadelo desaparecera da fazenda para sempre.

Quando Maksim, que continuava enviando cartas de Kiev, também voltou, finalmente, Anna Mikháilovna recebeu-o com a frase: "Jamais lhe perdoarei isso". Mas a expressão de seu rosto contradizia essas palavras duras.

Nas longas noites de outono, Piótr contava sobre suas peregrinações e no piano soavam novas melodias, nunca antes ouvidas...

A viagem a Kiev foi adiada por um ano. A família toda vivia os planos e as esperanças de Piótr.

Capítulo sétimo

I

Naquele outono, Evelina anunciou aos pais sua determinação de se casar com o cego da fazenda. A mãe chorou e o pai, depois de rezar perante os ícones, declarou que aquela era a vontade de Deus.

A boda foi celebrada e para Piótr começou uma vida feliz e tranquila, mas nesse idílio despontava, às vezes, uma inquietação: nos momentos mais felizes, atrás de seu sorriso, percebia-se uma triste dúvida: essa felicidade seria legítima e duradoura? E, quando soube que iria ser pai, ele se assustou.

No entanto, sua vida atual, entre preocupações com a mulher e com o futuro filho, não permitiu mais que se entregasse às antigas e frustradas aspirações de antes. Mas o doloroso lamento da canção dos cegos voltava a torturá-lo. Então ele ia para a aldeia, onde estava a nova casa de Fiódor

Kandiba. Fiódor tocava sua *kobzá* ou eles ficavam conversando longamente, os pensamentos de Piótr tomavam um rumo tranquilo e seus planos voltavam a inspirá-lo.

Ele se tornou menos sensível à influência da luz externa e o trabalho interno sossegou. As inquietas forças orgânicas adormeceram, e ele não as despertava. Não procurava unir sensações heterogêneas. No lugar de aspirações vãs e esforços inúteis, ele tinha recordações vivas e esperanças. Mas, quem sabe, talvez a calma de seu espírito apenas ajudasse esse trabalho orgânico inconsciente, e essas sensações heterogêneas abriam em seu cérebro mais efetivamente o caminho do encontro entre elas. Assim, durante o sono, o cérebro cria ideias e imagens que a força de vontade jamais poderia criar.

II

No mesmo quarto onde outrora nascera Piótr, ouvia-se apenas o choro do bebê. Já haviam se passado alguns dias desde que a criança nascera e Evelina estava em breve recuperação do parto, mas Piótr parecia estar deprimido por maus pressentimentos.

Chegou o doutor. Ele pegou o bebê nos braços e o acomodou perto da janela. Abriu a cortina, deixando entrar os raios do sol, e inclinou-se sobre o menino com seus instrumentos. Piótr estava sentado do lado, triste e cabisbaixo. Parecia que ele já estava prevendo os resultados.

– Ele com certeza é cego – repetia ele. – Não deveria ter nascido.

O jovem doutor não respondia e continuava fazendo o exame. Enfim, colocou o oftalmoscópio no estojo e disse com uma voz calma e segura:

– A pupila se contrai. A criança enxerga, não há dúvida.

Piótr estremeceu e se levantou. Isso demonstrava que ele tinha ouvido as palavras do médico, mas, a julgar por sua reação, não entendeu o que queriam dizer. Com a mão trêmula, ele se apoiou no peitoril da janela e ficou imóvel com o rosto pálido virado para cima. Até esse momento esteve num estado de estranha excitação. Foi como se não sentisse o próprio corpo e, ao mesmo tempo, todas as suas fibras tremiam de expectativa.

Ele tinha consciência da escuridão que o cercava. E a sentia palpável fora de si, em toda a sua imensidão.

A escuridão avançava e ele a abraçava na imaginação, como que medindo forças com ela. Enfrentava-a querendo proteger sua criança contra o imenso oceano oscilante de escuridão impenetrável. Enquanto o doutor fazia seus preparativos, continuava nesse estado. Antes ele também tinha medo, mas ainda viviam os sinais de esperança. Agora, seu medo terrível e enfadonho levou-o ao máximo da tensão nervosa e a esperança gelou no recôndito de seu coração. E, de repente, estas três palavras – "A criança enxerga" – mudaram tudo. O pavor desapareceu e a esperança num instante se transformou em certeza. Isso foi uma reviravolta, um golpe que irrompeu como um raio em sua alma e a iluminou. As três palavras abriram em seu cérebro um caminho flamejante, como se uma faísca tivesse surgido dentro dele e iluminado todos os lugares escuros de seu ser. Ele e tudo que existia nele tremeram, como treme uma corda tensa de um golpe inesperado.

E nesse raio diante de seus olhos apagados desde antes de seu nascimento surgiram coisas estranhas, uns fantasmas, como se fossem sons transformados em feixes móveis de luz. Eles brilhavam e rolavam como o sol na abóboda celeste. Eles se agitavam como o trigo no campo, ou os ramos das faias.

Isso durou apenas alguns instantes e em sua memória ficaram somente sensações vagas; o resto ele esqueceu. Mas insistia em afirmar que naqueles momentos ele tinha conseguido ver.

E o que viu, se é que viu realmente, ficou desconhecido. Muitos lhe diziam que isso era impossível, mas ele continuava afirmando que viu o céu, a terra, sua mãe, sua esposa e Maksim.

Durante alguns segundos ficou com o rosto levantado e radiante. Parecia tão estranho que todos se calaram e olharam para ele. Parecia que se tornara outra pessoa, alguém desconhecido. Ele se sentiu cercado por um mistério. E junto desse mistério ficou a sós por alguns instantes. Posteriormente, sobraram deles apenas uma grande satisfação e a certeza de que uma vez ele conseguiu ver.

Seria possível que isso tivesse realmente acontecido?

Seria possível que essas vagas e indefinidas sensações ou percepções luminosas, que chegavam a seu cérebro por caminhos desconhecidos quando ele tremia de desejo de ver o sol, tivessem, num momento de êxtase, se revelado diante de seu cérebro assim como se revela um negativo?

Diante dele surgiram o céu azul, o sol, o rio transparente e a colina, na qual ele tanto chorou quando criança... E depois o moinho e as noites estreladas, quando ele sofria, e a triste e silenciosa lua... O caminho de terra, a estrada, os comboios de carroças, a multidão no meio da qual ele mesmo entoava a canção de cegos...

Ou surgiam em sua mente montanhas fantasmagóricas, abriam-se vales e as árvores balançavam seus ramos sobre rios desconhecidos e o sol inundava essa paisagem com sua forte luz, o sol para o qual olhavam seus antepassados?

Ou tudo isso se acumulava naquela parte do cérebro da qual falava Maksim, onde os sons e a luz se alojam com alegria ou tristeza?

Posteriormente ele só se lembrava de um acorde que soou em seu coração e no qual se uniram todas as suas impressões da vida, as sensações da natureza e o amor latejante.

Quem sabe?

Lembrava-se apenas de como esse mistério se abriu para ele e depois o deixou. Nesse último instante as imagens e os sons se misturaram tremendo e se apagando, como treme e silencia uma corda tensa: alto no início e depois mais baixo, quase inaudível... Parecia que algo estava rolando por um declínio gigantesco em direção às trevas.

Rolou e sumiu.

Escuridão e silêncio... Apenas uns fantasmas vagos ainda tentavam renascer das trevas, mas já não tinham nem forma, nem cor. Somente embaixo, em algum lugar longínquo, ouviram-se sons de uma escala que também rolaram no espaço e sumiram nas trevas.

Então os sons de fora alcançaram seus ouvidos em sua sonância normal. Era como se ele tivesse acordado, só que ainda feliz e iluminado, apertando as mãos da mãe e de Maksim.

– O que há com você? – perguntou a mãe, alarmada com o estado do filho.

– Nada... parece que eu... vi vocês todos. Eu não estou... dormindo?

– E agora? – perguntou ela, emocionada. – Você se lembra? Vai se lembrar?

O cego deu um suspiro.

– Não – respondeu ele –, mas não faz mal, porque eu... Eu dei tudo isso... a ele..., à criança... e a todos...

Seu corpo balançou e ele perdeu a consciência. O rosto empalideceu, mas ainda tinha o reflexo de sua alegria e satisfação.

Epílogo

Passaram-se três anos.

Um público numeroso se reuniu, na sala de concertos dos Kontratos[26], em Kiev, para ouvir um novo músico incomum. Ele era cego e corriam boatos sobre seu talento extraordinário e lendas sobre sua vida pessoal. Uns diziam que, ainda criança, ele fora raptado de uma família abastada por um bando de cegos, com os quais peregrinava, até que um conhecido professor prestou atenção a seu talento musical. Outros diziam que ele mesmo abandonara a família e se juntara aos mendigos por motivos românticos. Seja como for, a sala estava repleta, assim como estava alta a arrecadação da bilheteria, destinada à beneficência.

Na sala instalou-se um silêncio sepulcral quando o jovem de rosto pálido e bonito, de olhos grandes, apareceu

---

26 Kontratos, lembremos, era o nome da grande feira de Kiev. [N.A.]

no palco. Ninguém diria que ele era cego se seus olhos não ficassem imóveis e se ele não fosse conduzido por uma jovem dama loira – a esposa do músico, segundo diziam.

– Não é de estranhar que ele impressione tanto – disse um crítico a seu vizinho. – Ele tem uma aparência dramática formidável.

Realmente, em seu rosto pálido, com ar sempre atento e pensativo, nos olhos imóveis e em toda a sua figura havia algo especial, incomum, que atraía.

O público do sul da Rússia gostava de suas melodias e as apreciava, mas ali o público mais variado logo ficou encantado com a profunda sinceridade de sua expressão. Quando improvisava, se notava seu sentimento em relação à natureza, sua ligação com as canções populares, e a música, rica em cores, flexível e melodiosa, saía fluindo sob suas mãos. Ora ela soava solenemente como um hino, ora como uma triste canção de amor, ora parecia uma tempestade estourando nos céus, no espaço infinito, ou o vento agitando a estepe e cantando as lembranças do passado.

Quando a última nota soou, uma torrente de aplausos do público extasiado encheu a enorme sala. O cego continuou sentado, cabisbaixo, ouvindo esse estrondo. Então ele levantou as mãos e tocou as teclas. Na sala instalou-se o silêncio.

Nesse instante entrou Maksim. Ele olhou atentamente para a multidão, que, dominada pela admiração, não tirava seus olhos do músico. O velho ouvia e esperava. Ele, melhor do que qualquer outro naquela sala, entendia o drama desses sons. Parecia-lhe que essa potente improvisação que fluía tão livremente podia se interromper por uma indagação dolorosa, como outrora, e abrir uma nova ferida no coração de seu pupilo. Mas os sons cresciam, tornavam-se mais fortes e poderosos e dominavam o coração da multidão.

E, quanto mais Maksim prestava atenção, mais clara soava para ele a melodia bem conhecida.

Sim, era ela, a rua barulhenta. Uma onda luminosa, cheia de vida, vinha fulgurando e se desfazia em milhares de sons. Ora ela se levantava e crescia, ora voltava ao estrondo, mas permanecia tranquila, impassível e fria.

De repente, o coração de Maksim gelou. De baixo das mãos do músico escapou um gemido, como da outra vez. Escapou, soou e se extinguiu.

E novamente ouviu-se o estrondo, cada vez mais forte, mais colorido, vivo e feliz.

Já não eram mais gemidos, não era mais desgraça e sofrimento.

Os olhos do velho se encheram de lágrimas. Os olhos de seus vizinhos também.

"Ele recuperou a visão, sim, é verdade, ele recuperou a visão", pensou Maksim.

Da melodia viva, feliz e livre como o vento nas estepes, e despreocupada no meio dos ruídos da vida, das melodias populares ora tristes, ora patéticas, começou a soar uma nota cada vez mais frequente e forte, que tocava o público profundamente.

"É isso, isso, menino!", encorajava-o Maksim mentalmente, "mostre a eles, felizes e satisfeitos".

Um minuto depois, sobre a multidão encantada soava a poderosa e arrebatadora canção dos cegos:

Uma esmolinha para os ceguinhos,
pelo amor de Deus...

Mas já não era o pedido de esmola nem um choro lamentoso, abafado pelo barulho da rua. Nela havia tudo que havia antes, tudo que contorcia o rosto de Piótr e o fazia fugir do piano por não ter forças para suportar a dor pungente que ela causava.

Agora ele vencera aquilo que havia dentro de si e conquistava o coração dessa multidão mostrando a ela os horrores e a verdade da vida real. Era uma mancha escura num fundo luminoso, uma lembrança das desgraças no meio da vida feliz...

A canção parecia assentar um golpe no coração de cada um do público. Piótr já não tocava, mas a multidão guardava um silêncio sepulcral.

Maksim abaixou a cabeça e pensou: "Sim, ele recuperou a visão. Em lugar de um sofrimento egoístico, ele sente a vida, sente a felicidade e a desgraça dos outros, e saberá lembrar aos felizes dos infelizes".

E o velho soldado abaixava ainda mais a cabeça. Ele tinha enfim conseguido cumprir sua missão e não vivera em vão neste mundo. Isso lhe diziam os poderosos sons que reinavam na sala.

Assim estreou o músico cego.

Posfácio
O universo artístico e humanístico de Vladimir Korolenko

"O Homem é criado para a felicidade assim
como o pássaro é criado para o voo."
Vladimir Korolenko

As duas novelas de Vladimir Korolenko publicadas pela Carambaia[1] fazem parte das leituras obrigatórias dos russos: são incluídas no currículo escolar e, ao entrar no nosso imaginário, ainda na adolescência, o marcam profundamente pelo inconfundível apelo à compaixão aos humilhados e ofendidos e pela constante busca da luz na existência humana.

Dmítri Sviatopolk-Mírski (1890-1939), autor de uma das melhores histórias da literatura russa, assim começa seu ensaio dedicado à obra de Korolenko: "Vladimir Galaktiónovitch Korolenko certamente é o mais atraente representante do radicalismo idealista na literatura russa. Se não existisse Tchekhov, ele seria o primeiro

---

1 Ambas foram lançadas em 2016 na Caixa Korolenko (edição limitada) e, em 2019, em volumes separados na Coleção Acervo.

entre os prosaístas e poetas de seu tempo".[2] Mas, apesar da grande popularidade de sua obra entre os contemporâneos e do imenso respeito de que gozava durante sua vida no meio literário, Vladimir Korolenko é bem menos conhecido fora da Rússia do que aqueles escritores russos que eram seus amigos e admiradores, como Anton Tchekhov (1860-1904), Liev Tolstói (1828-1910) ou Maksim Górki (1868-1936).

Em muitos aspectos, Korolenko representava um arquétipo do escritor russo: ele nunca se limitava apenas à criação literária, acreditando que o escritor tem o dever sagrado de ser a consciência e a voz do seu povo. Sempre defendia sua posição política profundamente humanista e era muito respeitado tanto pelo povo quanto pelo meio literário.

Depois da morte de Liev Tolstói, muitos disseram que Korolenko passou a ter influência moral tão grande quanto a dele. Ivan Búnin (1870-1953), o primeiro entre os escritores russos a ganhar o Prêmio Nobel de Literatura, em 1933, escreveu sobre Korolenko: "É uma alegria ele viver entre nós como um titã impermeável a todos os fatos negativos, tão numerosos hoje na nossa literatura e em nossa vida"[3]. Para Maksim Górki, Korolenko apresentava "uma imagem ideal do escritor" e era "uma pessoa de rara beleza e força de espírito",[4] não apenas na sua obra, mas também na sua vida.

---

2 Sviatopolk-Mírski, D. *Istória russkoi literaturi* [História da literatura russa]. Novossibirsk: Ed. Svínhin i sinoviía, 2005, p. 584.

3 Búnin, I. *Literaturnoe nasledstvo* [Herança literária], vol. 84, liv. 1. Moscou: Ed. Nauka, 1973, p. 377.

4 Górki, M. *Sobránie sotchinéni v 30 tomakh* [Coletânea das obras em 30 volumes], vol. 29. Moscou: Ed. GIHL, 1955, p. 444.

Vladimir Galaktiónovitch Korolenko nasceu em 15 (27)[5] de julho de 1853, no sudeste do Império Russo (atual Ucrânia), em Jitómir, uma cidade multicultural – russo-ucraniano-polonesa – que seria o palco de várias obras suas, como as novelas *Em má companhia* e *O músico cego*. Seu pai era russo e a mãe, polonesa, por isso, desde a infância, o futuro escritor dominava duas línguas e duas culturas. Depois da insurreição polonesa contra o domínio russo em 1863, a família de Korolenko teve de escolher a nacionalidade e optou pela russa. Quando tinha 15 anos, seu pai faleceu e a família – a mãe com cinco filhos – ficou sem meios de subsistência. Então, desde jovem, o futuro escritor soube o que era pobreza e fome.

Em 1870, Korolenko foi a São Petersburgo e ingressou no Instituto Politécnico, depois na Academia de Agricultura, em Moscou, mas não concluiu nenhum curso: foi expulso por fazer parte de uma organização política secreta. Desde jovem, Korolenko se sentia atraído pelas ideias dos populistas russos (os *naródnik*), que pregavam a aproximação da *intelligentsia* com o povo.

Em 1879, Korolenko foi preso e deportado para a Sibéria. No mesmo ano, na revista *A Palavra*, de São Petersburgo, saiu publicado seu primeiro conto, *Episódios da vida de um "buscador"*.

Exilado em agosto de 1881, Korolenko recusou-se a jurar fidelidade ao imperador Alexandre III e foi colocado numa cela na prisão secreta para militares e para os condenados a trabalhos forçados (grilhetas) na cidade de Tobolsk. No exílio siberiano, Korolenko começou a escre-

---

5 Como a Rússia adotou o calendário gregoriano somente em 1918, é de praxe que todas as datas históricas russas anteriores a 1918 sejam informadas em dois formatos: primeiro no calendário juliano (antigo) e depois, entre parênteses, segundo o calendário gregoriano (atual); a diferença entre esses dois calendários é de treze dias.

ver e, entre outros contos, criou sua primeira obra-prima, *O sonho de Makar*[6]. O conto, publicado em 1885, fez a fama do jovem escritor. Os leitores sentiram "a verdadeira poesia nas descrições da longínqua taiga e a profunda e inesgotável compaixão do autor pelo ignorante e insociável Makar, que era ingenuamente egoísta e mesmo assim tinha dentro de si um raio da luz divina"[7].

No mesmo ano de 1885, ao terminar o prazo do exílio, Korolenko recebeu a permissão de se estabelecer em Níjni Nóvgorod, onde começou o período mais frutífero de sua carreira literária. Justamente nessa época foram escritas as obras *Em má companhia* (1885) e *O músico cego* (1886) – que somente durante a vida do escritor teve quinze edições. Em 1886, foi publicado o primeiro livro de Korolenko, *Ensaios e contos*, no qual ele uniu suas obras de ficção e narrativas baseadas em fatos reais. A coletânea chamou muita atenção da crítica literária, que, desde então, começou a acompanhar de perto toda a criação do escritor.

Entre 1891 e 1892, período de uma terrível fome na Rússia, Korolenko e Liev Tolstói foram dos primeiros a prestar ajuda prática à população, salvando milhares de vidas humanas. A trágica experiência do escritor que comoveu a Rússia foi registrada no livro *No ano da fome. Observações e anotações do diário*. Korolenko apresentou somente fatos objetivos "comuns" e escreveu no prefácio: "Menos crueldade, senhores!"[8], declarando com isso seu programa estético. O conjunto desses fatos criou o impressionante quadro fidedigno dos sofrimentos humanos

---

6 Esse conto foi publicado recentemente, com tradução de Denise Sales, em *Nova antologia do conto russo (1792-1998)*. Org. de Bruno Barretto Gomide. São Paulo: Editora 34, 2011, p. 207-234.

7 Sviatopolk-Mírski, D. *Op. cit*, p. 586-587.

8 Korolenko, V. *Pólnoie sobránie sotchinéni* [Coletânea das obras completas], vol. 9. Moscou: Ed. GIHL, 1955, p. 102.

que comoveu milhares de leitores russos, que sentiram em Korolenko o autêntico e profundo humanismo, o talento de escritor e sua posição cívica firme e corajosa. Ele sempre se sentia agudamente responsável pela injustiça social. Os contemporâneos chamavam-no de "consciência de nossa época", "o sol da Rússia", "o espírito claro". E o escritor confirmava isso ao lutar pela revogação da pena atribuída a sete camponeses udmurtes[9], acusados de sacrificar pessoas a deuses pagãos e condenados a trabalhos forçados. O escritor desmascarou uma fraude judicial relacionada ao processo e conseguiu a reabilitação dos camponeses udmurtes. Korolenko reafirmava seu engajamento não somente quando escrevia, protestando contra os *pogroms* sofridos pelos judeus, mas também quando, arriscando sua vida, ia para as ruas e praças, exigindo o fim das guerras fratricidas, e quando se pronunciava contrário à pena de morte.

Quando, em março de 1910, no terceiro número da revista *Rússkoe bogátstvo* [Riqueza russa] – da qual Korolenko era o editor-chefe –, foram publicados os primeiros seis capítulos de seu ensaio *Acontecimento cotidiano. Anotações de um jornalista sobre a pena de morte*, Liev Tolstói, que tinha Korolenko em alta estima, escreveu-lhe uma carta:

> Durante a leitura, de todas as maneiras tentei, mas não consegui, segurar não as lágrimas, mas o pranto. Não posso encontrar as palavras para lhe expressar meu agradecimento e amor por esse maravilhoso – tanto no que diz respeito à expressão e ao pensamento quanto, e principalmente, ao sentimento – ensaio.

---

9 Os udmurtes são um povo de origem fino-úgrica que habita a região central da Rússia perto dos Montes Urais.

Ele deve ser reimpresso em milhões de exemplares e divulgado. Nenhum discurso na Duma[10], nenhum tratado, nenhum drama ou romance é capaz de produzir um milésimo do efeito benéfico que esse artigo produz...

Alegro-me com o fato de que tal tipo de ensaio, como o seu, está unindo muitas e muitas pessoas não corrompidas e com o mesmo ideal do bem e da verdade.[11]

Apesar de ter sido confiscado pelas autoridades tsaristas logo após sua publicação, *Acontecimento cotidiano* foi publicado em 1910, com a carta de Liev Tolstói na introdução, em alemão, francês, italiano e búlgaro.

Em 1889, o jovem e ainda desconhecido escritor Aleksei Péchkov (que em breve começaria a publicar seus contos sob o pseudônimo Maksim Górki) levou ao julgamento de Korolenko suas primeiras obras literárias, nas quais este logo sentiu o talento do futuro escritor. Como relembra o próprio Górki:

> Korolenko foi o primeiro a me falar em palavras humanas e de peso sobre a importância da forma e da beleza da forma. Fiquei surpreso com a verdade simples e clara dessas palavras e, ouvindo-o, senti pavor vendo que ser escritor não é uma tarefa fácil.[12]

Mais adiante, o autor confessa:

---

10 Duma é a câmara baixa da Assembleia Federal, integrante do poder legislativo da Federação Russa.

11 Tolstói, L. *Perepiska s russkimi pissateliami* [Correspondência com os escritores russos]. Moscou: Khudojestvénnaia literatura, 1978, p. 420-421.

12 Górki, M. *Sobránie sotchinéni v 18 tomakh* [Coletânea das obras em 18 volumes], vol. 18. Moscou: Ed. GIHL, 1963, p. 157.

Para mim, ele era e continua sendo o homem mais perfeito entre centenas que eu conheci e é a imagem ideal do escritor russo. Tinha uma confiança inabalável nele. Eu mantive amizade com muitos literatos, mas nenhum deles inspirava o respeito que me inspirou Vladimir Galaktiónovitch Korolenko já em nosso primeiro encontro. Ele foi meu professor por pouco tempo, mas foi, e disso me orgulho até hoje.[13]

Além disso, entre os dois escritores surgiu um parentesco literário peculiar: as famosas personagens de Górki – de origem humilde, que se encontram no fundo do poço, maltrapilhos com inclinações a pensamentos filosóficos – são muito semelhantes às personagens que surgiram pela primeira vez na literatura russa nas obras de Korolenko.

Em 1900, Tchekhov e Korolenko, entre outros escritores russos, foram eleitos membros de honra da Academia de Ciências. No ano seguinte, eles promoveram a candidatura à academia de escritores que consideravam dignos da honraria. Propuseram, assim, o nome do jovem e promissor Górki, e ele foi eleito. Mas o czar não gostou da escolha e os acadêmicos, não os de honra, mas os efetivos, ficaram preocupados e anularam a eleição. Korolenko conclamou os membros da academia a protestar contra essa decisão e, em 1902, em sinal de protesto, recusou o título de acadêmico. Em seguida, sem vacilar, Tchekhov juntou-se a Korolenko. (Ele sempre admirou sua honestidade e coragem civil.) Assim, esses dois escritores entraram nas fileiras dos defensores de Górki.

Entre os anos 1918-1921, durante a guerra civil, Korolenko morava na Ucrânia, em Poltava, território que passava de mão em mão entre dominadores. Várias vezes,

---

13 Górki, M. *Sobránie sotchinéni v 30 tomakh* [Coletânea das obras em 30 volumes], vol. 29. Moscou: Ed. GIHL, 1955, p. 444.

arriscando a vida, ele se pronunciou contra o derramamento de sangue, a pilhagem e as atrocidades tanto da parte dos "brancos" como da parte dos "vermelhos"; não via nenhuma justificativa para o terror revolucionário e apelava ao humanismo dos adversários.

Korolenko organizou a coleta de víveres para as crianças de Moscou e Petrogrado[14], fundou colônias para aquelas que ficaram órfãs e abandonadas em resultado da revolução de 1917 e foi eleito presidente de honra da Liga de Salvamento de Crianças, do Comitê de Ajuda aos Famintos.

Mencionamos aqui apenas as maiores manifestações da atividade civil de Korolenko, mas ele continuou sendo escritor e seguiu publicando artigos sobre as questões mais pungentes da vida cotidiana na Rússia.

Em meados de 1905, Korolenko começou a escrever sua autobiografia, *A história do meu contemporâneo* – um testemunho documental surpreendente sobre a intelectualidade russa do fim do século XIX e começo do XX. O primeiro volume do livro saiu em 1909. E as últimas linhas foram escritas em 25 de dezembro de 1921, pouco antes de sua morte. Revendo sua trajetória de vida, Korolenko escreveu:

> Às vezes olho para trás e faço um balanço. Releio meus antigos cadernos de notas e encontro neles muitos "fragmentos" de ideias e planos de outrora que por algumas razões não foram levados até o fim... Vejo que poderia ter feito muito mais se não tivesse me dispersado entre a literatura de ficção, o jornalismo e empreendimentos práticos, como o Caso de Multan[15] ou a ajuda aos esfomeados. Mas não lamento nem um pouco. Em primeiro lugar, porque não poderia agir de

---

14 Como passou a se chamar São Petersburgo após 1914.
15 Referência à defesa dos camponeses udmurtes.

outra maneira. Qualquer caso como o de Beilis[16] deixava-me fora dos eixos. E era preciso que nossa literatura não ficasse indiferente à vida.[17]

A obra de Korolenko pertence ao período transitório da literatura russa. Em muitos aspectos, ela está ligada à literatura clássica russa do século XIX, mas as tendências do século XX também estão presentes de forma evidente em várias obras do escritor.

Seu método artístico distingue-se por um profundo e fino psicologismo, desenvolvido na época de ouro da literatura clássica russa. A paisagem poética e emocional é especialmente importante para o escritor. De um lado, ele dá continuidade às descrições da natureza de Turguêniev (1818-1883) e Tolstói como um meio de penetrar no mundo interior dos protagonistas. De outro, Korolenko transforma a paisagem num elemento ativo da narrativa; ele não apenas vê e descreve a natureza, ele a "escuta" e por isso sua paisagem torna-se dinâmica, cheia de imagens que criam associações musicais, como na novela *O músico cego*:

O terceiro inverno da vida do menino chegava ao fim. A neve estava derretendo, formando sonoros regatos primaveris, e sua saúde começou a melhorar, depois de ele ter passado todo esse tempo dentro de casa sem respirar ar puro.

As proteções extras das janelas foram retiradas e a primavera irrompeu em seu quarto com força redobrada. O risonho sol entrava na casa, atrás das janelas balançavam os

---

16 Referência ao processo de julgamento de Menahem Beilis, em 1913, russo de origem judaica acusado do assassinato de um garoto ucraniano. O processo gerou críticas mundiais às políticas antissemitas do Império Russo.

17 Vladimir Korolenko, *apud* Averin, B. *Istoria rússkoi literaturi: V 4 tomakh* [História da literatura russa em 4 volumes], vol. 4. Leningrado: Ed. Nauka, 1983, p. 170.

ramos das faias ainda sem a folhagem, ao longe viam-se os campos pretos com manchas brancas de neve ainda por derreter e, em alguns lugares, já apareciam brotos de vegetação. Respirava-se mais livremente, e todos sentiam suas forças vitais se renovando.

Mas para o menino cego a primavera irrompeu em seu quarto somente com seu barulho. Ele ouvia os regatos que pareciam correr um ao encontro do outro, pulando as pedras e entrando na terra amolecida; os ramos das faias, atrás das janelas, conversavam em sussurro, chocavam-se entre si e batiam levemente nos vidros da janela.

A musicalidade é um dos traços peculiares da forma artística de muitas obras de Korolenko, que ficaram claramente determinados já nos anos 1880, no início da carreira do escritor. Naquele período transitório da literatura russa, ainda poucos pensavam na musicalidade e na beleza da composição. Como quadro sinfônico, por exemplo, foi composto o conto *O homem de Sacalina* (1885), que fez parte do ciclo "siberiano" de "contos sobre os vagabundos". À abertura precede uma narrativa *sui generis*: o silêncio e a escuridão de uma noite de inverno, a solidão de um homem, um povoado perdido na taiga, longe da terra natal, e depois o crepitar da lenha na lareira. Já nisso se estabelece a luta de dois princípios: o do terrível frio, hostil a tudo que é vivo, e o do fogo, calor e vida que resiste ao jugo que os imobiliza. O tema principal da narrativa é a resistência, a aspiração à vida, à liberdade de quem já "bebeu uma vez da taça envenenada pelo desejo insaciável". A narrativa do próprio homem de Sacalina, o fugitivo Vassíli, também é apresentada em melodias musicais no desenvolvimento do tema principal, "a liberdade", nas "vozes" dos protagonistas que fogem de Sacalina, ilha para onde eram levados os condenados a trabalhos forçados.

Ao ouvir a longa narrativa do fugitivo, saturada de terríveis pormenores da vida dos condenados e dos perigos mortais que eles correm, o autor se questiona sobre a sua estranha e paradoxal percepção dessa história:

Mas por que – perguntava-me eu – essa história ficou gravada em minha mente, não por causa das dificuldades da vida, dos sofrimentos e nem da terrível nostalgia da vagabundagem, mas apenas pela poesia da aspiração à liberdade?[18]

Talvez porque no conto do prisioneiro fugitivo revelou-se a espontânea e nem sempre consciente aspiração à liberdade. E ela encontrou uma profunda compaixão no coração do escritor: ele explica o ilogismo dessa percepção da história como uma "simpatia instintiva" a qualquer tentativa ousada de sair do cativeiro para a liberdade, o que, na opinião de Korolenko, é próprio da natureza humana.

Essa obra teve um papel importante na literatura russa da década de 1880. Em janeiro de 1888, quando Anton Tchekhov, que estava trabalhando na novela *A estepe*, sua obra mais poética e musical, releu o conto de Korolenko, escreveu ao autor: "O seu *O homem de Sacalina* parece-me a obra mais destacada dos últimos tempos. Ela foi escrita como uma boa composição musical, segundo todas as regras que o instinto do artista lhe dita"[19]. Não há dúvida de que na forma musical da famosa *A estepe* de Tchekhov se ouve o eco do talento de Korolenko.

---

18 Tradução da autora.
19 Tchekhov, A. *Pólnoie sobránie sotchinéni* [Coletânea das obras completas]. *Pisma* [Cartas]. Moscou: Ed. Khudójestvennaia literatura, 1975, p. 170.

Mais do que isso: foi justamente essa obra de Korolenko que chamou atenção de Tchekhov para a ilha de trabalhos forçados e, passados dois anos, ele viajou a Sacalina para colher o material e escrever o livro.

Na composição de suas obras, Korolenko usa a técnica de "deslocamento" do meio social que lhe é costumeiro, cujos membros caracterizam-se pelo sistema estável de conceitos e de critérios morais, e os mergulha num meio com um sistema diferente de conceitos. (Essa técnica foi inspirada pela própria experiência civil de Korolenko, que aderiu aos *naródnik*, intelectuais que se voltaram para o povo, cujo movimento democrático surgiu na Rússia em 1861, depois da abolição da escravidão, e durou até a primeira década do século XX.) O importante para Korolenko não era a simples contraposição dos pontos de vista e conceitos, e sim mostrar como o indivíduo, enfrentando outra ideologia, começa a "refletir" e, às vezes, até chega a compreender a relatividade dos próprios pontos de vista e opiniões, que lhe pareciam irrefutáveis.

Assim, os heróis de Korolenko caem numa situação na qual podem se ver do lado de fora e começam a pensar sobre coisas que antes não poderiam ser objeto de suas reflexões. O indiscutível torna-se contestável e a verdade, absoluta, unilateral e parcial. As personagens dos contos e ensaios de Korolenko não vão do desconhecimento ao conhecimento. Ao contrário, o conhecimento e a compreensão total cedem lugar às perguntas, dúvidas e análise, o que para Korolenko significa o alto grau de compreensão da complexidade da vida.

O herói "ilógico", "paradoxal", que não cabe na teoria da submissão do homem ao meio e às circunstâncias, torna-se uma das personagens presentes em toda a obra de Korolenko. Seu heróis, como os de Górki, não cabem nos padrões de seu meio e procuram fugir dele. Na maioria dos casos, isso se explica pelo misterioso, pelo desconhecido, que vem do fundo do coração do menino Vássia, por exemplo, filho do juiz da cidade, na novela *Em má companhia* (1885):

> E nesse tempo algo incógnito subia do fundo do meu coração infantil e soava, como antes soava nele um marulho misterioso e interminável, chamando-me e provocando-me.

Vássia tinha consciência da mediocridade do ambiente que o cercava e "instintivamente, fugia da babá, das penas de galinha, do familiar e preguiçoso sussurro das macieiras no nosso pequeno jardim e do estúpido bater de facas na cozinha quando se preparavam bolinhos de carne".

Na opinião de Korolenko, as crianças conhecem bem a sensação da misticidade do mundo e da vida, por isso já são poetas e artistas por natureza e adivinham intuitivamente aquilo que a ciência ainda está a caminho de descobrir.

Na novela *Em má companhia,* sente-se claramente a influência de Charles Dickens, o que não é surpreendente, uma vez que Dickens era um dos escritores ingleses mais populares na Rússia desde os anos 1840. O absurdo e o bizarro nas personagens tanto de Korolenko quanto de Dickens não impedem o leitor de amá-los. Porém, já nessa obra, uma das primeiras de Korolenko, ele encontra sua própria maneira de interpretar a realidade e, graças a isso, descobre campos na psicologia, na conduta social e na percepção do mundo de seus heróis que ainda não tinham sido assimilados pela literatura clássica russa do século XIX.

A história se desenrola numa pequena cidade do sudoeste do país. Vássia, o narrador, envolve-se em má companhia, isto é, vai parar num abrigo de mendigos e vagabundos, e descreve suas impressões: diante dele passa uma galeria inteira de retratos de tipos repudiados e infelizes.

Destaca-se dentre eles a figura do senhor Turkévitch. O homem havia chegado ao último grau de humilhação. Toda a sua vida consistia em bebedeira. Mas, nos raros momentos de consciência,

> [...] tornava-se terrível, os olhos febris inflamavam, a face cavada, o curto cabelo em pé. Quando se levantava, batia o punho no peito e recomeçava a sua marcha solene pelas ruas, anunciando em voz alta: "Vou!... Como o profeta Jeremias... Para acusar os ímpios!".
>
> Era o começo de um espetáculo muito interessante. Pode--se dizer com certeza que o senhor Turkévitch, nesses minutos, exercia, com grande sucesso, as funções da publicidade, desconhecida no nosso lugarejo; por isso não surpreende que cidadãos sérios e com cargos importantes largassem o trabalho e se juntassem à multidão que acompanhava o novo profeta ou, ao menos, observassem de longe as suas façanhas.

Na novela *Em má companhia*, que pelo tema e material da vida real se distancia dos contos siberianos, Korolenko escreve sobre pessoas repudiadas pela sociedade que as desafiava. O pitoresco Tibúrtsi, que está no fundo do poço, é um portador de poesia, liberdade, dignidade e independência. Assim como os vagabundos siberianos, Tibúrtsi é precursor dos maltrapilhos românticos dos primeiros contos de Górki.

Numa das séries de sua obra, Korolenko aborda fenômenos pouco estudados do psiquismo humano, tais como a intuição, o subconsciente, impulsos e atrações misteriosos e inconscientes, que indicam a ligação íntima entre o ser humano e as leis universais da vida, que em muito determinam suas normas de moral, e ele "instintivamente" aspira à verdade, ao bem, à liberdade e à luz.

Korolenko costuma se concentrar no próprio processo psicológico da reviravolta espiritual do protagonista, assim como acontece com Piótr Popélski, o herói principal da novela *O músico cego* (1886). Uma das bases filosóficas importantes desse processo foi a convicção de Korolenko de que os princípios da vida "não se esgotam com a esfera de nossa consciência" e que "a meta não é outra coisa a não ser a aspiração consciente, cuja raiz está nos processos inconscientes, lá onde nossa vida une-se imperceptivelmente com a inabarcável área da vida universal".[20] Segundo a opinião do escritor, os atos inconscientes, espontâneos e instintivos de pessoas que seguem não as leis da razão, mas a imposição do coração, constituem justamente a manifestação da lógica suprema da natureza humana, que se opõe ao que é externamente racional, mas que na verdade é um mecanismo da sociedade contemporânea, profundamente ilógica.

Tentando captar a misteriosa mas sem dúvida existente "ligação entre as profundezas da natureza e a profundeza da consciência humana", Korolenko voltava-se para as obras de fisiólogos, biólogos e psicólogos. Não é por acaso que sua novela *O músico cego* foi chamada por ele de estudo, isto é, uma novela-pesquisa. "O principal motivo do estudo", escreveu Korolenko, "é a atração orgânica instintiva pela luz. Daí a crise de meu herói e sua resolução". Na novela, revela-se o drama espiritual do cego que, por meio da arte elevada, entendeu e "viu" o mundo.

Em muitos aspectos, a novela *O músico cego* está ligada à vida do escritor: é a sua cidade natal, o ambiente pitoresco do interior da Ucrânia onde ele passou a infância, é todo o contexto musical da narrativa, enriquecido pelas melodias e canções populares que Korolenko conhecia bem

---

20 Korolenko, V. *Op. cit.* vol. 10, p. 115.

e amava. Há vários detalhes autobiográficos no enredo da novela e no destino de Piótr Popélski, o cego. Korolenko dotou seu herói com aquilo que ele mesmo conhecia e sabia pela própria experiência de vida. Movido por uma atração inata pela luz, o músico cego "recuperou a vista" ao vencer sua concentração egoísta no próprio sofrimento somente quando deixa o conforto e a abastança da casa paterna e começa a peregrinar junto a músicos cegos mendicantes (e novamente vemos a técnica predileta de Korolenko, quando seu herói se vê num mundo totalmente diferente, onde as pessoas, os acontecimentos, as opiniões abrem-se, de repente, a partir de outro ponto de vista).

Ao mergulhar na vida do povo, ao conhecer, com a própria experiência, o mundo da miséria, desgraças e lágrimas, o herói obteve a sensação de plenitude da vida. E somente então o músico cego pôde dar às pessoas as riquezas que acumulara na alma e no coração. E começou a fazer isso não por exigência da razão ou do dever, mas seguindo seu sincero e espontâneo impulso. A felicidade do herói como indivíduo tornou-se possível somente quando, dentro dele, nasceu a capacidade de servir a seu povo com seu talento:

> Maksim abaixou a cabeça e pensou: "Sim, ele recuperou a visão. Em lugar de um sofrimento egoístico, ele sente a vida, sente a felicidade e a desgraça dos outros, e saberá lembrar aos felizes dos infelizes".

Como vemos, o caminho do herói da novela, assim como o caminho do autor, passa pelo conhecimento do povo, pelo mergulho em sua vida porque, segundo a convicção de Korolenko, somente "lembrando aos felizes dos infelizes" é possível dar o verdadeiro sentido à criação.

ELENA VÁSSINA é professora da pós-graduação em Literatura e Cultura Russa da Universidade de São Paulo (USP), formada na Faculdade de Letras da Universidade Estatal de Moscou Lomonóssov (MGU), com mestrado em Literatura Comparada pela Universidade Estatal de Moscou, doutorado em História e Teoria de Arte (1984) e pós-doutorado (1996) em Teoria e Semiótica de Cultura e Literatura pelo Instituto Estatal de Pesquisa da Arte (Rússia). Organizou os livros *Tipologia do Simbolismo nas culturas russa e ocidental* (2005), *Teatro russo: literatura e espetáculo* (2011) e *Os últimos dias* (2011), de Liev Tolstói, de quem também traduziu *O cadáver vivo* (2011).

A coleção ACERVO publica os títulos do catálogo da editora CARAMBAIA em novo formato. Todos os volumes da coleção têm projeto de design assinado pelo estúdio Bloco Gráfico e trazem o mesmo conteúdo da edição anterior, com a qualidade CARAMBAIA: obras literárias que continuarão relevantes por muito tempo, traduzidas diretamente do original e acompanhadas de ensaios assinados por especialistas.

CIP-BRASIL. CATALOGAÇÃO NA
PUBLICAÇÃO / SINDICATO NACIONAL
DOS EDITORES DE LIVROS, RJ /
K87e / Korolenko, Vladimir, 1853-1921 /
O músico cego / Vladimir Korolenko;
tradução Klara Gourianova. [2. ed.]
São Paulo: Carambaia, 2019. 176 pp;
20 cm. [Acervo Carambaia, 8] /
Tradução: *Slepoi muzykant* /
ISBN 978-85-69002-57-4.
1. Novela russa. I. Gourianova,
Klara. II. Título. III. Série.
19-56396 / CDD 891.73 /
CDU 82-32(470+571)

Vanessa Mafra Xavier Salgado
Bibliotecária – CRB-7/6644

Primeira edição
© Editora Carambaia, 2016

Esta edição
© Editora Carambaia
Coleção Acervo, 2019

Título original
Slepoi muzykant [1886]

Preparação
Liana Amaral
Raquel Toledo

Revisão
Ricardo Jensen de Oliveira
Tamara Sender
Cecília Floresta

Projeto gráfico
Bloco Gráfico

DIRETOR EDITORIAL Fabiano Curi
EDITORA-CHEFE Graziella Beting
EDITORA Ana Lima Cecilio
EDITORA DE ARTE Laura Lotufo
ASSISTENTE EDITORIAL Kaio Cassio
PRODUTORA GRÁFICA Lilia Góes
GERENTE ADMINISTRATIVA Lilian Périgo
COORDENADORA DE MARKETING E COMERCIAL Renata Minami
COORDENADORA DE COMUNICAÇÃO E IMPRENSA Clara Dias
ASSISTENTE DE LOGÍSTICA Taiz Makihara
AUXILIAR DE EXPEDIÇÃO Nelson Figueiredo

Fontes
Untitled Sans, Serif

Papéis
Pop Set Black 320 g/m²
Munken Print Cream 80 g/m²

Impressão
Ipsis

Editora Carambaia
rua Américo Brasiliense,
1923, cj. 1502
04715-005 São Paulo SP
contato@carambaia.com.br
www.carambaia.com.br

ISBN
978-85-69002-57-4